시간 동행자

시간 동행자
청소년 성장소설 십대들의 힐링캠프, 성찰
[십대들의 힐링캠프®] 시리즈 NO.84

지은이 | 표혜빈
발행인 | 김경아

2025년 9월 13일 1판 1쇄 인쇄
2025년 9월 20일 1판 1쇄 발행

이 책을 만든 사람들
책임 기획 | 김경아
기획 | 김효정

북 디자인 | KHJ북디자인
표지 삽화 | 정지란
경영 지원 | 홍종남
기획 어시스턴트 | 한선민, 박승아
제목 | 구산책이름연구소
책임 교정 | 이홍림
교정 | 주경숙, 김윤지

종이 및 인쇄 제작 파트너
JPC 정동수 대표, 천일문화사 유재상 실장

청소년 기획위원
정가인, 양태훈, 양재욱

펴낸곳 | 행복한나무
출판등록 | 2007년 3월 7일. 제 2007-5호
주소 | 경기도 남양주시 도농로 34, 301동 301호(다산동, 플루리움)
전화 | 02) 322-3856 팩스 | 02) 322-3857
홈페이지 | www.ihappytree.com | bit.ly/happytree2007
도서 문의(출판사 e-mail) | e21chope@daum.net
내용 문의(지은이 e-mail) | hyebin8894@naver.com
※ 이 책을 읽다가 궁금한 점이 있을 때는 지은이 e-mail을 이용해 주세요.

ⓒ 표혜빈, 2025
ISBN 979-11-94010-12-8 (43810)
"행복한나무" 도서번호 : 191

※ [십대들의 힐링캠프®] 시리즈는 "행복한나무" 출판사의 청소년 브랜드입니다.
※ 이 책은 신저작권법에 의거해 한국 내에서 보호를 받는 저작물이므로 무단 전재 및 복제를 금합니다.

시간 동행자

표혜빈 지음

1. 하늘거래소의 시간 동행자   6

2. 20060527 _의뢰인   17

3. 20070414 _시간 동행   25

4. 20070729 _거점 기지   42

5. 20080331 _만두찐빵   57

6. 20080622 _콩콩팥팥   72

7. 20090530 _트리거   84

8. 20100820 _어떤 결심   97

9. 20131107 _단월로 공원　　　　　　　　　111

10. 20131114 _비껴간 운명　　　　　　　　119

11. 20240704 _생의 경계　　　　　　　　　137

12. 20131204 _남은 자들　　　　　　　　　144

13. 20190220 _수명 교란　　　　　　　　　155

14. 20240527 _전야　　　　　　　　　　　170

에필로그. 사랑해 그리고 기억해　　　　　188

1
하늘거래소의 시간 동행자

하늘거래소에 오는 손님들은 공통점이 있다.

하나같이 푸르스름하게 질린 얼굴에, 살점이 말라붙어 앙상한 쇠꼬챙이 같은 몸.

무엇보다도 날 미치게 하는 건 그들이 풍기는 '썩은 내'다.

그냥 그 표현이 딱 맞았다. 부패한 살코기 냄새.

1년쯤 지나면 내 사수처럼 나도 저 핏기 없는 존재들에게 적응할 수 있을까.

메스꺼움을 억지로 삼키고 있었지만, 젠장! 이제는 더 이상 참을 수가 없다.

우욱.

나는 손님이 나가자마자 입을 틀어막고 주저앉았다.

"야잇, 이제 또 손님 들어올 거라고. 규진이, 잠깐 이 녀석 좀 데리고 나가."

"예."

사수는 나를 일으켜 세웠고, 나는 사수의 부축을 받으며 사장님 자리 뒤편에 있는, 그러니까 손님들이 드나드는 출입구의 반대편에 있는 하얀색 문 쪽으로 향했다.

"다음 분, 박영진 님 들어오세요."

누군가가 문을 열고 들어오는 소리가 들렸다. 문이 열리자마자 나의 후각은 예민하게 반응했고, 그 불쾌한 냄새가 나를 금방이라도 덮칠 것만 같았다. 나의 다급한 손짓이 손님의 눈에 띄지 않길 바라며 재빨리 반대쪽 문을 열었다. 밖으로 나오니 텅 빈 하얀색 복도가 시야에 들어왔다.

두 발이 복도로 나오자마자 나는 하얀 벽에 기대 웅크리고 천천히 심호흡하며 요동치는 비위를 억지로 잠재우려고 노력했다. 숨을 들이마실 때는 특별히 조심해야 했다.

"괜찮아지면 다시 들어와."

"예."

사수는 다시 들어갔다. 이 건물은 방음 시설 따위는 존재하지 않는 것 같았다. 벽 너머로 사장님과 손님이 주고받는 이야기가 도란도란 들려왔다. 그래도 직접 마주하며 얘기를 듣는 것보다는 훨씬 들을 만했다.

 손님들은 자신들이 풍기는 냄새와 형체와는 다르게, 목소리만큼은 살아 있는 인간만큼 또렷했다. 그래서인지 기계적이고 딱딱한 사장님의 목소리보다 또 다른 남자의 목소리가 내 귀에 꽂혔다. 추측하기로는 중년의 아저씨일 것이다. 목소리를 들으니 얼굴이 궁금해졌지만 굳이 호기심을 채우지 않는 게 나에겐 이로울 성싶었다.

 "박영진 님 본인 맞으시고?"

 "예."

 "언제로 돌아가고 싶은지는 정하셨고?"

 "예. 내 서른 살의 봄. 날짜로는 5월 27일쯤으로 돌아가 주면 좋겠소. 가능합니까?"

 "그럼요, 안 되는 건 없습니다. 손님께서는 2024년 5월 28일, 마흔여덟 살에 생을 마감하셨기 때문에 지불할 수명은……. 18년이 되겠네요. 괜찮으십니까?"

 "상관없소."

 "예, 좋습니다. 그러면 계약서를 작성하죠."

 잠시 뒤에 사장님의 목소리가 계속 이어졌다.

 "자, 여기. 쓰면서 들으세요. 계약서 작성하고 복도 오른쪽으로 가셔서 대기하면 저희 직원들이 손님의 과거 시간 여행에 동행할 겁니다. 과거로 돌아가시게 되면 저희 업소에 대해서는 절대 함구하셔야 합니다."

"물론이오."

"또한 손님께서 돌아간 과거 시점부터 오늘까지, 일부 기억을 제외하곤 대부분이 사라질 겁니다."

"그렇소? 좀 더 자세히 설명해 주시오. 그 부분에 관해선 나에겐 좀 중요한 문제라……."

"뭐 어려운 건 아닙니다. 손님께서 갖고 가게 될 기억은 과거로 돌아왔단 사실, 생의 마감 시간, 그리고 손님께서 돌아가고 싶은 이유 정도가 되겠지요."

"알겠소. 그거면 충분하오."

"여기다가 18을 쓰시고……."

사장님은 능숙하게 손님이 계약서에 빠트린 내용을 짚어주는 듯했다.

"정리하면, 손님께서는 2006년 5월 27일로 돌아가실 예정이고 18년 후 손님께서 생을 마감한 시간, 정확히는 2024년 5월 28일에 다시 돌아오시는 겁니다. 아시겠죠? 그걸 잊어버리시면 안 돼요."

"알겠소."

"자, 그럼 계약서 작성은 끝났으니 나가셔서 대기하세요. 바로 오른쪽으로 가시면 돼요."

손님이 뻣뻣한 몸을 일으켜 문을 열고 나가는 소리가 들렸다. 나도 천천히 몸을 일으켜 다시 들어갔다. 사장님은 뒤를 돌아보곤 말했다.

"오늘 첫 개시다. 우식이, 이제 네 차례다."

"저요?"

"그래. 왔으면 일을 해야지, 임마."

내가 뭐 여기 오고 싶어서 왔나? 눈 떠보니 여기였는데.

"규진이, 우식이 처음 가는 거니까 잘 좀 가르치고. 뭐, 이 녀석 얼마 있지 않을 녀석이지만 여기 있는 동안에는 부리는 게 맞으니까."

"예."

나는 사수를 따라 나갔다. 복도로 나가니 손님들로 꽉꽉 찬 것이, 거래소는 그야말로 문전성시를 이루고 있었다. 나는 최대한 숨을 쉬지 않으려고 노력했다. 얼굴 생김새, 머리숱, 입은 옷, 신은 신발은 모두 다 다르지만, 나에겐 죽음의 문턱을 넘어온 존재들로 그냥 다 똑같아 보였다. 다들 뭐가 그렇게 아쉬워서 이곳까지 찾아오는 걸까?

사수는 걸음을 멈췄다.

"아, 깜빡했네. 사장님께 가서 파일 받아와. 의뢰인 정보가 든 파일."

"예."

나는 다시 돌아가 사장님으로부터 파일 하나를 받았다. 불투명한 색이라 파일에 끼워져 있는 종이에 어떤 글자가 박혀 있는지 잘 보이지 않았다.

"잘 갖고 있도록 해. 의뢰인의 정보는 누구에게도 발설 금지야. 특히 의뢰인 당사자. 알지? 배운 대로."

"예."

사장님은 몇 번이고 신신당부했다. 복도 끝에 사수와 목소리만 또렷하게 들렸던 아저씨, 아니 의뢰인이 보였다. 거의 없어져 가는 얼굴 근육들이 뻣뻣한 게, 긴장한 티가 났다. 죽음에 다다른 사람도 감정이란 게 있나 싶었다. 나는 최대한 의뢰인과 눈을 마주치지 않으려고 조심스럽게 발걸음을 옮겼다. 사수는 의뢰인에게 간단한 인사를 건네고 있었다.

"박영진 님, 제가 박영진 님의 시간 여행에 동행할 하늘거래소 직원입니다. 시간 동행은 2인 1조가 원칙이라, 한 명이 더 올 겁니다."

"그러시죠, 뭐……."

"자, 그럼 가볼까요?"

사수는 나에게 눈짓으로 까딱하곤 손님을 안내하며 먼저 발걸음을 옮겼다.

저어기, 나는 그동안 지켜보기만 했던 자동문 밖으로 드디어 나갈 수 있게 되었다. 왠지 모르게 설레었다. 설렘이 피어오르는지 볼이 따끔했다. 사수와 의뢰인을 따라 나가려는데, 옆에서 말소리가 들렸다.

"살굿빛이구먼……."

"예?"

말소리가 난 쪽을 돌아보니 푸르딩딩하고 빳빳한 육신의 또 다른 손님이 앉아 있었다. 순간적으로 손님과 눈이 마주쳤는데, 그 끔찍한 얼굴 때문에 하마터면 욕, 아니 괴성을 지를 뻔했다. 헛구역질이 나오는 걸 참기 위해 애꿎은 허벅지만 꼬집었다. 그는 손에 든 지팡이를 자꾸만 딱딱거리며 혼잣말처럼 중얼거렸다.

"나도 다시 나가면 그렇게 되려나……?"

나는 그 손님을 애써 무시한 채 사수와 내가 맡게 될 의뢰인을 따라잡기 위해 거의 뛰다시피 했다. 자동문 앞에 다다랐을 때는 엄청난 햇살이 쏟아져 들어오는 것 외에 아무것도 보이지 않았다. 나는 눈을 찡그리며 눈부신 저 너머로 내던져질 각오를 했다.

사실 나도 내가 어떻게 이곳까지 오게 되었는지 잘 모른다. 그냥 눈을 떠보니 여기, 하늘거래소였다.

처음에는 내가 천국에 온 줄 알았다. 세상이 온통 하얀색이었고, 그 가운데 하얀색 건물이 하나 우뚝 솟아 자리를 차지하고 있었다. 나를 처음 발견한 내 사수는 나를 그 하얀색 건물 안으로 이끌고 들어갔다.

나는 여기가 혹시 천국이냐고 물었는데, 사수는 구구절절 설명하기 귀찮았는지 '일단은' 아니라고 했다.

그리고 들어가자마자 난 바로 채용되었다. 면접이랄 것도 없었다. 사수가 날 사장님 앞에 데리고 가서 "새로운 직원이 왔습니다."라고 말했고, 사장님이 "오케이!" 하고는 끝이었다. 그래서 그냥 이게 내 운명이려니 싶었다.

게다가 난 '기억'이랄 것이 없었다. 과거에 내가 누구였고, 어떤 사람이었는지, 무슨 일을 했는지 모른다. 그나마 거울을 보고 눈대중으로 대충 가늠할 수 있는 건 내 나이였다. 어른만큼 큰 키와 어딘가 모르게 앳된 얼굴을 조합한 결과, 고딩쯤 됐겠거니 싶었다.

'우식'이란 이름도 사장님께서 지어주신 이름이었다. 직원이니 이름은 있어야겠고, 내 얼굴이 딱 우식이라나 뭐라나…….

아무래도 이곳에 떨어질 때 머리부터 떨어진 게 분명했다.

아무튼 하늘거래소는, 한마디로 수명을 거래하는 곳이었다.

"이곳에 오는 손님들은 삶을 다하고 죽음을 맞이하여 온 자들이야. 물론 죽음을 맞이한 모든 자들이 찾아오는 건 아니야. 새로운 삶으로 다시 태어나기 전에 과거의 삶에 후회나 미련이 있는 자들이 찾아오지. 그리고 새로 얻게 될 삶에서의 수명을 담보로, 돌이키고 싶은 과거로 돌아가는 거야."

하늘거래소의 거래 방식은 이랬다. 사수와 내가 담당하게 된 박영진이란 의뢰인처럼 마흔여덟 살에 죽음을 맞이한 사람이 서른 살로 돌아가고 싶다면, 새로운 삶에서의 수명에서 18년이라는 대가를 치르는 것이다. 그리고 생을 마감했던 시간에 똑같이 죽음을 맞이한다.

새로 태어나는 인간의 수명은 시가로 치는데, 요즘 시가는 100년이라고 했다. 즉, 박영진 아저씨는 과거의 삶을 마치고 새롭게 다시 태어나면 그땐 여든둘까지 살 수 있는 거다. 이것에 대해서 사장님이 툴툴거리며 말했던 게 언뜻 기억났다.

"요즘 인간들, 오래 살잖아. 그래서 100년으로 쳐서 계산해. 옛날에는 60년, 80년 이랬던 시절이 있었는데 말이지. 그래서인지 자기 새 수명을 뭉텅뭉텅 다 써버린다니까? 거래하러 오는 사람도 많아지고 말이야."

그리고 과거로 돌아간 사람들과 동행하는 하늘거래소 직원, 시간동행자들이 있다. 내가 마주친 얼굴들만 해도 100명쯤은 되어 보였다. 아니, 실상은 그보다 더 될 터였다. 직원 한 명이 손님과 동행하러 나가면 또 다른 직원이 동행을 마치고 돌아오니, 실제로 하늘거래소에서 일하는 직원 규모는 내가 마주친 직원들의 숫자보다 더 많을 것이다.

직원들 역시 내 처지와 다를 바 없었다. 자신이 누구였는지, 어떻게 하늘거래소까지 오게 되었는지 모르는 그런 백지 같은 인간들. 다들 그냥 주어진 임무를 묵묵히 수행할 뿐이었다.

하지만 난 그냥 백지이고 싶지는 않았다. 비록 지금은 이름도, 나이도, 사는 곳도 잃어버린 처지이지만, 얼른 기억을 되찾아 이곳을 나가고 싶은 마음이었다.

사실 기억도 기억이지만, 나랑 비슷한 또래의 직원들이 말하는 괴담 때문이기도 했다. 들리는 말에 의하면, 의뢰인과 시간 동행을 하다 사라진 직원이 한둘이 아니라는 거다. 그들이 어디로 어떻게 사라졌는지 누구도 아는 사람이 없었다.

그건 자신이 누군지도 모른 채 실종될 수 있다는 얘기였다. 그게 내가 될 수도 있고.

내 사수는 꽤 오래전부터 하늘거래소에서 일하고 있다고 했다. 워낙 과묵하고 조용해서, 필요한 말 외에는 그다지 하지 않는 편이었다.

그래도 기본적으로 나쁜 사람은 아닌 것 같았다. 나보다 어른스러운 외모나 말투 때문에 20대쯤으로 보였다. 연예인처럼 부리부리하고 잘생긴 타입은 아니었지만, 윤기 있는 까만 머리카락에, 매끈한 피부 덕분인지 어딘가 모르게 꽤나 잘살았던 부잣집 아들 포스를 풍겼다. 본인도 그걸 알고 있을까?

사실 제일 궁금한 사람은 하늘거래소의 사장님이었다. 이 사람은 도대체 뭘 하는 사람이길래 남의 수명을 가지고 거래를 하는지 말이다. 보기엔 그냥 술 좋아하고 사람 좋아하는 전형적인 뱃살 많은 40대 아저씨였다. 다행히 아직 탈모를 걱정할 정도는 아닐 만큼 머리숱이 많았고.

여길 떠나기 전에는 알 수 있을까?

아니, 사실은 그것보다 내가 누군지, 어쩌다 여기로 오게 되었는지 알 수나 있을까 싶다.

2
20060527 _의뢰인

나의 첫 동행이 시작되었다.

사수는 나에게 박영진 의뢰인의 시간으로 넘어가면서 시간 동행자로서 지켜야 할 원칙들을 당부했다.

첫째, 의뢰인의 과거 삶의 행적을 잘 숙지해 둘 것.

둘째, 한번 지나온 시간은 되돌릴 수 없음을 기억할 것.

셋째, 의뢰인의 삶에 개입하지 말 것.

단, 예외적으로 의뢰인이 생의 윤리나 생의 원칙을 위배하는 행위를 할 시 즉각 조치할 것.

나는 의뢰인의 정보를 숙지하기 위해 사장님이 주신 파일을 펼쳐보았다. 계약 내용처럼 박영진 의뢰인은 2024년 5월 28일에 죽음을 맞이한다. 그와 동시에 하늘거래소와의 계약은 종료된다.

사인은…… 교통사고다.

가족은 아내와 아들 하나고. 직업도 평범한 회사원이었다.

내가 이렇게 말하긴 그렇지만 특별할 것 하나 없는 삶이다.

"선배님, 뭐 하나 물어봐도 됩니까?"

"뭔데?"

"그 생명 윤리나 생의 원칙, 그런 것들은 다 무엇입니까?"

"생명 윤리는 타인의 생명에 위험을 가하거나, 그에 상응하는 행동을 가하면 안 된다는 뜻이다. 그리고 생의 원칙은 세상의 필연을 거스르는 행위를 해선 안 된다는 뜻이야."

"필연을 거스르는 행위요?"

"그래. 인간 세상에서 일어나는 모든 일은 우연히 일어나는 게 아니야. 단지 인간의 눈에 그렇게 보일 뿐이지. 수많은 인간, 사물, 사건들이 만나 또 하나의 필연을 만들어낼 뿐이야. 그리고 인간은 거기서 한낱 미물이지. 그렇게 작디작은 존재인 인간이 거대한 필연을 거스르는 행위를 해서는 안 돼. 아무리 수많은 사람의 목숨을 구하기 위해서라 한들, 미사일이 날아오는 걸 막는다거나 일어나기로 예정되어 있던 자연재해를 막아선 안 된다는 뜻이야. 물론 그럴 수도 없겠지만."

"아……."

"그렇게 되면 타인의 인생에도 크게 개입하는 게 되니까. 그 역시도 생명 윤리를 거스르는 행위지. 다만 우리는 한 사람의 인생에서 후회나 미련이 남지 않도록 그 안에서만 기회를 줄 뿐이야."

"예, 알겠습니다."

내가 공부를 잘했던 놈은 아니었던 것 같지만 사수가 설명한 그 생명 윤리나 생의 원칙, 그리고 거기에 붙는 '크다', '작다' 같은 수식어들이 내게는 너무나 모호하게 느껴졌다. 어디까지가 허용되는 범위인지 감이 잘 잡히지 않았다.

만약 내가 손님이라면 컴플레인 같은 걸 걸었을 것 같다. 자고로 거래나 계약은 신중해야 한다고 하지 않았던가.

눈을 떴다.

나는 어딘가 모르게 굉장히 오래되고 우중충한 회색빛 건물들이 양옆에 촘촘히 들어선 거리에 서 있었다.

건물에는 외벽이 겨우 보일 만큼 빨강, 파랑, 노랑 등 원색의 간판이 다닥다닥 붙어 있었다. 그나마 있는 창문에도 가게나 사무실을 홍보하는 원색의 스티커가 덕지덕지 붙어 있었다.

제일 심각해 보이는 건 길바닥이었다. 인도에는 수많은 껌딱지가 붙어 있었다. 어떤 건 회색이고 어떤 건 검은색이었다. 껌딱지의 색깔은 누가 얼마나 길바닥에서 오래 버티었는지를 나타내 보이는 것이었다.

인도에서 한 계단 내려오면 태우다 꽁다리만 남은 담배꽁초들이 넘쳐났다. 진심으로 이 동네 사람들의 폐 건강이 걱정될 정도였다.

아무튼 갑작스러운 순간이동 때문인지 머리가 아주 지끈거리고 어지러웠다.

속은 메슥거리고 금방이라도 토할 것 같았다. 하늘거래소에 온 뒤로 뭔가를 먹은 기억이 없는데, 속을 게워낸다면 뭐가 나올지 0.1초 정도는 궁금했다.

이런 생각이 드는 걸 보면 아직 죽을 때는 아닌 것 같았다.

하지만 사수는 익숙하다는 듯 미동도 없었다. 그리고 나같이 겨우 정신줄을 잡고 버티고 있는 한 사람이 또 있었다.

"여, 여기가 어디요?"

아저씨는 혼란스러운 듯 머리를 감쌌다. 하지만 혼란스러운 표정과는 별개로, 얼굴은 핏기 없이 마른 얼굴이 아니라 살이 가득 차올라 살굿빛이 도는 모습이었다. 세월의 흔적들도 자취를 감추어, 50대를 바라보는 중년이 아닌 청년의 얼굴이 되었다. 눈썹도 진하고 코도 높은 것이, 소싯적 꽤 잘나갔을 그런 얼굴이었다.

아저씨의 얼굴을 보니 갑작스레 실감이 났다. 정말 과거로 돌아온 건가? 이게 된다고? 대박.

"지금은 2006년 5월 27일입니다. 정확히는 오후 12시 57분을 지나고 있지요. 손님께서 저희 하늘거래소와 계약하신 기간은 지금부터 생을 마감하신 2024년 5월 28일까지 18년 1일입니다. 손님께서는 해당 날짜가 되면 저희와 함께 다시 돌아가시는 겁니다."

"2006년 5월 27일……. 12시 57분……."

아저씨는 날짜를 곱씹는 듯했다. 그리고 주변을 탐색하듯 눈을 돌렸다.

아저씨의 시선은 한곳에 꽂혔다. 아저씨는 눈을 가느다랗게 떴다.

'정원 산부인과'.

이 거리에서 제일 큰 몸집을 차지하는 건물이 바로 이거였다. 1층에는 파란색 간판의 '메디칼 약국'이 차지하고 있었다.

"그러니까, 내가 뭘 하고 있었지……?"

아저씨는 자기 손에 들린 커다랗고 빛바랜 가죽 가방을 바라봤다.

"이걸 아침에 들고 나왔는데……."

아저씨의 눈이 커졌다.

"맙소사! 지금 이러고 있을 때가 아냐!"

아저씨가 건물 안으로 들어가려고 하자, 내 사수는 아저씨를 가로막았다. 나는 엉거주춤 사수 옆에 붙었다.

"저희는 손님과 동행하는 시간 동행자로서, 늘 근처에 있을 것입니다."

"알겠소……."

"생명 윤리에 어긋나는 행동, 또는 생의 원칙에 위배되는 행동을 할 시, 손님께서 그에 상응하는 대가를 치르게 될 수 있으니 유의하시길 바랍니다."

"그렇게 하겠소."

아저씨는 사수의 말에 알아들었다는 듯이 고개를 끄덕이곤 서둘러 병원으로 들어갔다.

"과거 시간 여행이 시작되면 바로 의뢰인에게 주의사항을 안내해야 해."

"예, 알겠습니다."

"아직은 의뢰인이 혼란스러워할 테니 따라가도록 한다. 의뢰인이 점차 적응하면 우리는 그다음부터는 약간 거리를 두고 지켜볼 거야."

"예."

우리는 아저씨가 들어간 병원으로 따라 들어갔다.

왜 아저씨가 2006년 5월 27일로 돌아가고 싶어 했는지 알 것 같았다.

오늘은 바로, 아저씨의 아들이 태어난 날이다.

아저씨는 유리창 너머로 무언가에 시선을 빼앗겼다. 아저씨의 시선을 따라가니, 눈도 제대로 못 뜨는 분홍색 피부의 갓난아기가 보였다. 아저씨가 18년 전으로 다시 돌아가고 싶었던 까닭 역시 저 아기에게 있을 것이었다.

"예쁘지? 내 아들이야……."

우리가 가까이 다가가자 아저씨는 읊조리듯 중얼거렸다.

"어제는 정말 제정신이 아니었지……. 아내가 16시간이나 진통을 했어. 그걸 지켜볼 수밖에 없는 나 자신이 정말 비참해지더라……."

아저씨는 마치 어제 일어난 일인 것처럼 얘기했다.

"박영진 보호자님, 맞으시죠?"

아저씨는 간호사를 따라 병실로 들어갔다. 병실 안에는 한 여자가 누워 있었다. 여자는 기다렸다는 듯이 늘어져 있던 몸을 일으켜 세웠다. 아저씨는 여자를 부축했다.

아저씨와 여자는 손을 맞잡으며 못다 한 이야기가 많기라도 한 듯 끊임없이 대화를 주고받았다. 잠시 후, 부부는 유리창 너머에서 보았던 갓난아기를 안아볼 수 있게 되었다. 아기는 정말 조그맸다. 너무 작고 약해서 만지기도 조심스러운 것 같았다.

저 사람들은 태어난 지 24시간도 채 되지 않는 아기에게, 나에게도 뜨겁게 느껴질 만큼 벌써 사랑을 퍼붓고 있었다.

그 마음은 단지 너무 작고 약한 존재에게 느끼는 보호본능, 그 이상이었다. 나로선 도저히 이해할 수도, 공감할 수도 없는 그런 모습이었다.

"이제부터 조금 멀리 떨어져서 의뢰인을 지켜본다. 의뢰인과의 거리에 따라서 우리의 시간 흐름을 조절할 수 있어. 지금은 우리가 의뢰인과 가까이 있어서 우리의 시간도 의뢰인의 시간과 똑같이 흘러가고 있는 거야. 우리가 의뢰인의 일상을 함께 사는 것처럼."

"그렇군요."

"의뢰인과 멀리 떨어져서 지켜볼 경우, 우리에겐 의뢰인의 시간이 빨리 흘러가는 것처럼 보인다. 마치 동영상을 빠르게 재생하는 것처럼. 주의할 점은, 의뢰인의 시간이 계속 빠르게 흘러가도록 멀리서 지켜보기만 해선 안 돼. 때에 따라서 적절한 개입도 필요하지. 의뢰인이 계약을 위반하면 곤란하니까."

"음. 네, 알겠습니다."

생각보다 내가 알아야 할 것들이 많았다. 나중에 사수 없이 의뢰인을 맡을 생각을 하니 머리가 좀 복잡해졌다. 실수하면 어떡하지?

3
20070414 _시간 동행

"2007년…… 4월 14일……. 선배님, 이렇게 적으면 됩니까?"

나는 적은 메모지를 사수에게 보여주었다. 사수는 힐끗 보더니, 고개를 끄덕였다.

2007년이라……. 아저씨를 처음 과거로 데려온 날부터 1년이 다 되어가는 지금, 우리는 아저씨를 좀 더 가까이에서 지켜보기로 했다.

아저씨와의 물리적 거리가 멀어질수록 사수 말대로 인간 세상의 1년은 눈코 뜰 새 없이 빠르게 돌아갔다. 마치 유튜브 영상을 2배, 아니 한 4배로 돌린 것 같은 속도로 시간이 흐르는 것처럼 보였다. 급격한 시간 변화 때문에 아주 정신이 없었다.

나는 박영진 아저씨의 과거로 돌아가기 전, 사장님께서 주신 회중시계를 꺼냈다. 고풍스러운 금색에다가, 시계 안쪽은 바다 빛을 담은 색이었다. 그리고 기나긴 금줄이 매달려 있었다.

보통의 시계라면 1부터 12까지의 숫자들이 한 점씩 차지하고, 짧은 시곗바늘과 긴 시곗바늘은 모두 12를 향해 달려갈 것이다. 하지만 내가 받은 회중시계는 그런 보통의 시계가 아니었다. 회중시계의 숫자는 의뢰인과의 계약에 따라 다르게 박혀서 하늘거래소의 직원인 시간 동행자에게 지급되는데, 짧은 시곗바늘은 의뢰인의 시간을 긴 시곗바늘은 동행자의 시간을 나타낸다.

동행자에게 주어진 회중시계의 숫자들이 그리는 원은 두 개다. 안쪽에서 원을 그리는 숫자들을 달리는 짧은 시곗바늘의 끝은 18이고 바깥쪽에서 원을 그리는 숫자들을 달리는 긴 시곗바늘의 끝은 90이다. 짧은 시곗바늘과 긴 시곗바늘이 계속 달려가다 각각 18, 90을 가리키면 의뢰인의 계약도 끝난다.

시계 덮개를 열어 시계를 확인해 보니 짧은 시곗바늘은 숫자 1을, 긴 시곗바늘은 숫자 5를 가리키고 있었다. 말하자면 의뢰인의 1년의 시간은 우리에겐 5일쯤 되는 거다.

한편, 죽음의 문턱에서 과거로 돌아온 하늘거래소 손님들이 꽤 많다는 걸 다시 한번 깨달았다. 내가 가진 것과 똑같은 금줄이 달린 회중시계와 불투명한 파일을 들고 있는 사람을 보면 어김없이 하늘거래소 직원이라는 걸 금방 알아챘다. 그들은 10미터쯤 떨어져서 자신이 맡은 의뢰인을 케어했고, 하나같이 따분한 표정을 짓고 있었다.

한 번은 내 사수를 아는 자를 만나기도 했다. 그는 직원답지 않은 밝은 에너지를 가진 사람이었다.

"여어, 규진! 너도 왔구나!"

"종현아."

종현이라는 사람이 사수를 알아보곤 반갑게 인사했다.

"안녕하십니까, 선배님!"

그와 함께 동행하는 사람 역시도 꽤 밝은 에너지를 풍겼다. 나의 사수에게 '선배님'이라고 부르는 걸 보니 그들보다는 들어온 지 얼마 되지 않은 모양이었다.

"옆에는 신입?"

"안녕하세요."

나도 인사했다.

"안녕! 그래, 너희는 언제 왔어?"

"5일 전쯤."

"의뢰인이 과거로 돌아온 지 얼마 안 됐구나?"

"그렇지."

"대충 계약한 기간 계산해 보니 20년은 안 넘겠구나, 너희는. 우리는 벌써 두 달째야! 두 달!"

종현은 내 사수가 듣든 말든 계속 떠들어댔다.

"저 할아범이 몇 년을 계약했는지 줄 알아? 거의 30년이야! 자기 첫사랑이 있었는데, 나이 50줄이 되어서야 다시 만났는데 그때 다시 만났어야 했는데 거절한 게 후회된다나. 아무튼 따라다니느라 미치겠다."

그 사이 신입처럼 보이는 애가 나에게 먼저 말을 걸었다.

"안녕? 나는 정수라고 해. 처음 보는 얼굴인데, 이름은?"

"안녕. 난 우식."

"반갑다. 나는 이번이 두 번째 의뢰인이야. 넌?"

"첫 번째."

"어쩐지 그럴 거 같았어. 그래도 규진 선배랑 함께해서 다행이네. 한번 2인 1조가 되면 사장님이 웬만해선 사람 구성을 잘 안 바꾸시거든. 그래서 나도 종현 선배랑 두 번째야."

"아하."

"이 근처에 시간 동행자들 거점 기지 있는 거 알고 있어?"

"아니. 그런 게 있어?"

"역시. 규진 선배는 다 좋은데 말을 너무 아끼셔, 그렇지?"

사수 얘기를 할 때 정수는 내 귀에다 대고 소곤거렸다.

"시간 여행하는 거, 너무 어지럽고 힘들지 않아? 거점 기지로 오면 쉴 수 있으니 자주 써먹도록 해. 혹시, 의뢰인의 시간이 너무 빨리 지나갈까 봐 걱정은 안 해도 돼. 거점 기지로 들어오면 무조건 바깥 시간은 멈추게 되어 있거든. 아, 그래도 거점 기지로 가기 전에 시계 오른쪽에 있는 버튼 누르는 거 잊지 말고. 의뢰인이랑 떨어지면 시간이 빨라지니까. 버튼을 눌러야 그때부터 바깥 시간이 멈추고 거점 기지 위치도 알 수 있어. 물론 너 혼자 거점기지로 이동하게 되면 규진 선배가 의뢰인 옆에 있을 거니까 의뢰인의 시간은 멈추지 않아."

"이 버튼이 그런 용도였어?"

"이건 기본인데. 하긴, 규진 선배는 워낙 FM이셔서 잘 안 쉴 거야. 기지에서 본 적이 없어. 아예 가르쳐주지도 않으셨나 보네. 넌 아직 적응하기 어려울 테니 꼭 오도록 해. 기지에는 우리 같은 신입이 많아서 의지하기도 편할 거야. 정보 교류도 하고 말이야. 알겠지?"

"그래."

한가득 푸념을 늘어놓은 종현은 내 사수가 별 관심이 없어 보이자, 이번엔 나에게 말을 걸었다. 정수는 곧 입을 다물었다.

"넌 이번이 처음이라고 했지?"

"예."

"어때? 일은 할 만하고?"

"음, 지금까지는 그런 것 같아요."

"그래, 그래도 처음인데 계약 기간이 길지 않은 의뢰인이라 다행이네. 의뢰인 한 명을 30년 따라다니려면 얼마나 지루한지 아니? 하지만 30년은 약과야. 나는 70년 계약한 사람도 봤어. 그렇게도 후회가 깊을까.”

"아하.”

"앗, 잠깐만! 이 할아범은 또 언제 나간 거야? 그럼 규진아, 나중에 또 보자! 신입도! 정수, 가자!”

종현은 나의 정신을 쏙 빼놓곤 의뢰인을 찾으러 가버렸다. 정수는 나에게 살짝 손짓하고는 종현을 따라갔다.

거점 기지라……. 거기에는 다른 시간 동행자들도 있을 거고.

한 번쯤 가봐도 나쁘지 않을 것 같았다.

종현 선배의 말처럼 의뢰인의 시간에 동행한다는 건 생각보다 쉬운 일이 아니었다.

우선 의뢰인에게 프라이버시 따윈 없었다. 우리가 의뢰인의 일거수일투족을 계속 감시하며 따라붙기 때문이다. 마치 사수와 나는 형사고 의뢰인은 수배자 같았다.

아저씨의 일과는 이랬다. 나보다 더 나이를 먹었을 것만 같은, 낡아빠진 유성빌라 102동 301호에서 매일 7시 20분쯤 집을 나섰고, 걸어가는 동안 아침을 잘근잘근 씹어댔다. 아침 메뉴는 그때그때 달랐다. 어떤 하루는 식빵 한 조각이었고, 또 다른 하루는 편의점에서 산 김밥일 때도 있었다. 씹어댈 것이 없을 땐 200mL짜리 우유를 단숨에 들이켜기도 했다. 아침을 때우며 10분쯤 걸으면 큰 길가의 버스

정류장이 나왔다.

항상 아저씨는 95번 버스를 탔고, 10분 간격으로 오는 95번 버스에는 늘 사람이 많았다. 아저씨는 교통카드를 찍고 재빨리 주머니에 넣은 다음, 사람들 사이 틈을 비집고 들어갔다.

다섯 정거장쯤 지나서 아저씨는 '서리역' 정류장에서 내려 손목에 찬 시계를 확인하며 후다닥 역 안으로 뛰어 내려갔다. 아저씨는 정확히 8시 45분에 지하철에서 내렸고, 8시 50분에 사무실로 들어섰다.

아저씨가 다니는 회사는 무슨 가공식품을 판다고 했는데 나로서는 처음 들어보는 식품 회사 이름이었다. 아저씨는 빡빡한 사무실 가운데 자기 자리를 찾아가 앉았다. 아저씨가 들어간 사무실은 '영업지원팀'이었다.

푸르죽죽한 사무실에 얼굴이 시꺼먼 남자들 천지인 이곳은 나에겐 그리 재미있는 곳은 아니었다. 출근한 아저씨들은 연신 죽상을 하고 컴퓨터를 두드리거나, 어지러운 숫자들과 처음 보는 글자들이 마구 박힌 종이를 뒤적거릴 뿐이었고, 이따금 걸걸한 목소리들이 오고 갔다. 마치 개미굴 속으로 들어와 일하는 개미들을 관찰하는 것만 같았다.

갑자기 어떤 남자가 아저씨에게 말을 걸어왔다. 아저씨보다 열 살쯤 많아 보였고, 꺼칠한 인상에 풍채도 좋아서 어딘가 모르게 위압감도 느껴졌다.

"박 대리, 오늘 갈 거지?"

"예?"

"회식 말이야, 회식."

"아, 차장님, 그게……. 하하, 죄송합니다……."

아저씨는 냉큼 일어나 그 남자에게 머리를 숙였다. 아마도 저 남자는 아저씨의 상사일 것이다. 아저씨의 말에 남자의 얼굴은 찌푸린 표정으로 변했다.

"오늘은 또 왜?"

"하하, 죄송합니다……."

아저씨는 멋쩍은 웃음을 지어 보이며 상사에게 연신 죄송하다는 말만 했다.

"그니깐, 왜?"

하지만 남자는 아저씨가 이유를 말해주기 전까지 가만 놔두지 않을 생각인 것 같다.

"요즘 야근을 많이 해서, 오늘은 집에 일찍 좀 들어가 봐야겠습니다……."

"어휴, 바깥사람이 일하는 데 그건 당연하지. 나도 애 엄마랑 내 새끼들 얼굴을 제대로 본 게 언젠지 알아? 한 달은 된 것 같구만."

그게 자랑인가?

"이렇게 매번 빠지면 어떡하나? 이런 날에라도 자리 채워서 부장님께 잘 보여야지. 회사에서 살아남기 어디 쉬운 줄 아나? 그러니 자네만 이렇게 승진을 못 하는 거야. 자네 동기들 다 승진했는데 말이야, 응? 이제 후배들이 치고 들어온다고. 그러다 만년 대리 소리 듣는다?"

"하하……. 네, 죄송합니다."

으, 이런 모습들은 좀 안 봤음 했다. 아저씨는 윗사람 말에 한껏 어깨가 작아져선 다시 자리에 앉았다. 하지만 오늘은 일찍 집에 들어가겠다는 말을 꺾지 않았다.

그렇게 아저씨는 직장 상사와 동료들의 눈총을 뒤로하고 퇴근할 준비를 했다. 우리는 아저씨를 따라 지하철을 타기 위해 역으로 걸어갔다.

이 정도면 시간 조절 같은 거 해도 되지 않을까? 특별한 일도 없어 보이는데. 한번 물어볼까. 절대로 귀찮다거나 매너리즘에 빠졌다거나 그런 건 아니다. 정말로 특별한 일이 없어서다. 나는 뒤를 돌아보았다.

"저, 선배님."

이상하다. 사수가 없다. 뭐지? 분명 조금 전까지도 뒤에 있었는데.

"선배님!"

갑자기 등골이 오싹해졌다.

"서, 선배님!"

안 그래도 당황스러운데 주변이 길게 늘어났다가 줄어들기를 반복했다. 의뢰인과 점점 멀어지니 시간이 빨리 감기는 거였다.

젠장! 일단 의뢰인부터 따라가야겠다. 사수 없이 시간을 조절한다는 건 무리다.

나는 낯선 행인들 사이에서 아저씨를 놓치지 않으려고 사수와 있을 때보다 아저씨와의 거리를 더 좁혔다.

내가 더 가까이 접근하니, 아저씨는 나를 힐긋 쳐다보았다.

내가 보이나?

한참을 긴가민가한 표정을 짓더니 고개를 돌렸다. 아저씨도 아저씨지만, 사수가 없다. 아니, 진짜 없어졌다.

시간 동행자들이 없어진다는 괴담이 바로 이건가?

역시 그 괴담은 틀린 게 아니었어. 일단 의뢰인에게 따라붙는 건 기본으로 하고 사장님께 연락하든 어쨌든 다른 어떤 방법을 취해야 했다.

집에 거의 다다를 무렵, 갑자기 아저씨가 홱 뒤를 돌았다. 깜짝이야.

"거, 학생. 왜 아까부터 따라오는 거지?"

"예, 예? 저요?"

"그래, 너 말이야. 지하철 역에서부터 따라왔잖아. 누가 모를 줄 알아?"

아저씨가 성큼성큼 다가왔다.

"아, 아저씨. 잠깐만요. 일단 진정하시고요."

"아니, 아무리 생각해도 이상하잖아. 바로 경찰 부를 거니까 딱 기다려라, 응?"

"아, 아저씨. 뭔가 오해가 있으신 것 같은데요."

"오해인지 아닌지는 경찰서 가보면 알겠지."

아저씨는 휴대전화를 꺼냈다. 으, 행동도 빠르네. 아 씨, 뭐라 설명하지?

"저, 하늘거래소 직원이에요. 동행자요, 동행자."

"뭐? 하늘거래소?"

"네, 그 있잖아요, 기억 안 나세요? 동행자가 두 명이었는데요."

아니, 이 아저씨는 자기랑 동행하는 직원 얼굴도 모르나. 하지만 아저씨에게는 1년이라는 시간이 흐른 셈이니 중요한 얼굴이 아니라면 잊을 법도 했다. 게다가 아저씨는 주로 사수랑만 이야기했다. 아무리 그래도 그렇지.

아저씨는 한참을 긴가민가한 표정을 짓더니 이내 표정이 달라졌다.

"앗, 너, 너는! 이제 알았다. 오랜만이구나? 1년 만인가?"

아무래도 의뢰인과 밀착할수록 의뢰인이 동행자의 존재까지도 인식하게 되는 것 같았다. 생각해 보니 처음 과거로 돌아왔을 때, 사수가 의뢰인에게 주의사항을 숙지시켰을 때도 딱 그랬다.

"그런데 다른 한 명은 어디 갔냐?"

"잠깐 일이 있으셔서요."

나도 모르게 거짓말이 튀어나왔다.

"아, 나는 가끔 내가 과거로 돌아왔단 사실을 잊어버려. 그러다 '아 맞다, 나 돌아왔지?' 이런 생각을 한다니까? 근데 넌 이름이 뭐냐?"

별안간 아저씨는 입에 모터가 달린 듯 나에게 질문을 퍼부어댔다.

"우식이요."

"성은?"

"몰라요."

"짜식, 네 성을 왜 몰라?"

"그게 왜 궁금하신데요? 쓸데없이."

"참나, 녀석 되게 까칠하네. 이 일은 언제부터 했냐?"

"얼마 안 됐어요."

"그니깐 언제?"

"아저씨가 하늘거래소에 오기 3일 전쯤부터일걸요."

"쌩신입이었잖아? 나한테 이런 쌩신입을 붙이다니!"

아저씨는 손바닥으로 머리를 쳤다.

"난 뭐 오고 싶어서 왔나. 사장님이 시키니까 온 거지."

나는 작은 목소리로 중얼거렸다.

"너 이 녀석, 말이 짧아지네. 예의는 밥 말아 먹었냐? 그건 그렇고 돌아가면 네 사장부터 고발해야겠다. 청소년 불법 고용으로 말이야.

그것도 자기 성도 모르는 청소년을…….”

이 아저씨는 귀도 밝다. 그리고 갑자기 웬 오지랖?

"그동안 어디 있었던 거냐?"

"계속 아저씨와 동행했죠. 그게 우리가 할 일이거든요."

아저씨는 무슨 말인지 모르겠다는 표정을 지었다. 아무래도 사수가 설명한 내용을 다 잊어버린 모양이다.

"잘은 이해 못하겠지만 가끔 아는 척 좀 해주련. 내 과거, 아니 미래라고 해야 하나? 나에 대해 아는 사람은 너희뿐이잖니. 왠지 모르게 반갑구나."

이상한 아저씨다. 아는 척이라니.

아저씨는 하늘거래소에서 푸르딩딩하고 뻣뻣한 육신으로 만났을 때와 다른 느낌을 풍겼다. 세월이 흘렀기 때문인지, 죽음의 문턱까지 다다랐기에 차분해진 상태로 온 건지 알 수 없었다. 아무튼 과거로 돌아온 아저씨는 어딘가 모르게 얼굴도, 성격도 생기 돋는 모습이었다.

타닥타닥.

사무실은 보기만 해도 지루했다. 하품이 나오려는 걸 겨우 참았다. 하지만 지루함은 오래가지 못했다.

"박 대리! 어딨어?"

김 차장이다. 지난번에 아저씨에게 눈총을 주었던 상사였다. 아저씨는 거의 자동 반사 느낌으로 획 일어났다.

"예, 차장님!"

아저씨는 서둘러 김 차장 자리로 갔다. 김 차장은 아저씨의 얼굴에 두꺼운 종이 뭉치들을 던졌다. 낱장의 종이들이 바닥으로 떨어졌다.

"박 대리, 제대로 작성한 거 맞아? 데이터 수치가 엉망이야, 아주!"

"차장님, 무슨 문제라도……."

"자네가 직접 봐! 이번 달 신제품 매출 보고서! 눈대중으로 봐도 말이 안 되는 수치 아닌가, 응?"

아저씨는 김 차장이 던진 종이 뭉치들을 주워 찬찬히 뜯어보았다. 빼곡하게 표와 그래프가 그려져 있었는데, 어떤 걸 말하는지 정확히 이해할 수는 없었지만 아저씨의 얼굴은 새파래졌다. 뭔가 잘못된 건 확실해 보였다.

"이게 어째서, 왜 이렇게 됐지? 어제 확인한 것과 다른데요……."

"그럼 뭐 숫자들이 저절로 바뀌기라도 했다는 거야, 뭐야?"

"죄, 죄송합니다, 차장님!"

"난 책임 못 지니까 다시 올리든지, 부장님께 직접 말하든지 자네가 알아서 해!"

아저씨는 '죄송하다'는 말과 함께 계속 굽신댔다. 하지만 그럴수록 김 차장은 더 모진 소리만 낼 뿐이었다.

"그러니 자네가 승진을 못 하는 거야!"

그놈의 승진 소리. 내 귀에도 이젠 딱지가 앉았다.

아저씨는 실수를 만회하느라 밤 늦게까지 퇴근하지 못했다. 두꺼운 모니터와 종이 뭉치를 번갈아 들여다보며 다시 제출할 매출 보고서를 만들었다. 아저씨는 재미없는 숫자들을 몇 번이고 확인했다.

아저씨가 회사에서 나온 시각은 이미 지하철 막차가 막 떠난 무렵이었다.

4월의 밤공기는 아직 서늘했다. 벚나무에는 꽃잎이 떨어지고 돋아난 연녹색 잎과 아직 떨어지지 못한 연분홍색 꽃잎이 지저분하게 엉겨 있었다.

아저씨는 아까워하며 택시를 탔다. 하지만 도저히 걸어갈 수는 없는 거리였기 때문에 어쩔 수 없는 선택이었다.

택시에서 내린 아저씨는 바로 들어가지 않고 버스정류장 맞은편에 있는 편의점에 들어갔다. 컵라면과 맥주 한 캔을 사고 늦은 저녁을 때우기 위해 편의점에서 들여놓은 의자에 앉았다. 순간적으로 아저씨와 나는 눈이 마주쳤다. 마치 내가 보이기라도 하는 것처럼. 나는 움찔했다.

"응? 여기서 다 보는구나."

문득 아저씨가 나의 존재를 인식할 수 있을 만큼 아저씨와 나의 거리는 가까워져 있었다. 갑자기 사라져버릴 수도 없고 참. 아직 거리 조절이 잘 안 된다.

"예? 예……."

아저씨는 나무젓가락으로 라면을 집다 말고, 계속 나를 쳐다보았다.

"왜요?"

"여전히 까칠하기는. 그렇게 서 있지 말고 앉아."

하긴 지금 상황에선 서 있는 게 더 민망한 그림이었다. 꼭 먹는 걸 지켜보는 이상한 사람 같잖아. 나는 아저씨를 마주 보고 테이블 앞 의자에 앉았다.

"하하. 나만 먹으니 미안해지네. 먹고 싶은 것 없냐? 사다 주마."

생각해 보니 이곳에 와서 음식 하나 주워 먹은 게 없었다. 하지만 지금까지 단 한 번도 배고픔을 느낀 적이 없었다. 내 상태는 매우 평온했다. 몇 번이고 한사코 거절한 끝에, 아저씨는 나에게 먹을 것을 더 권하지 않고 먹던 라면을 흡입했다.

아저씨는 왜 돌아오고 싶었던 걸까? 지금까지 내가 지켜봐 온 아저씨의 삶은 특별할 게 없었다. 연예인처럼 화려한 삶도, 정치인처럼 권력을 누릴 수 있는 삶도 아니었다. 만약 내가 아저씨라면, 이왕 이렇게 된 거 다음 생에 잘살아 보자는 마음가짐으로 아무런 미련

없이 다시 태어나러 갔을 것 같다. 내가 아저씨에게 궁금한 건 오직 그것뿐이었다.

4
20070729 _ 거점 기지

아무래도 이렇게는 안 되겠다.

사수 없이 나 혼자 동행 일을 하는 건 절대로 불가능이다.

무엇보다도 이렇게 순식간에 사람이 없어지다니……. 불안해서 견딜 수가 없다.

어떻게든 방법을 찾아야 했다.

그 순간, 정수의 말이 떠올랐다.

거점 기지.

거기다. 거기밖에 의지할 만한 곳이 없어.

회중시계를 꺼내 더듬거리며 정수가 설명했던 작은 버튼을 찾아 눌렀다.

버튼을 누르자마자 순식간에 고요한 기운이 감돌았다. 시계로부터 시선을 거두고 주위를 둘러보았을 때는 이미 시간이 멈춘 것 같았다.

오늘도 늦은 밤 편의점으로 들어가려던 내 의뢰인 박영진 아저씨가 유리문을 잡고 움직이지 않고 있었다. 마치 딱딱한 석상처럼 그대로 굳어버린 것 같았다.

각자 자기만의 색깔을 띠고 있던 사람, 자연물, 인공물 등 모든 존재는 회색빛으로 물들어 있었다. 그 가운데 회중시계로부터 뿜어져 나오는 빛줄기가 고요하게 한쪽을 향하고 있었다. 나는 빛이 이끄는 대로 따라 걸었다.

500미터쯤 걸었을 때, 아주 평범한 건물이 나왔다. 빛이 이끄는 대로 들어간 건물 내부는 어디서 많이 본 익숙한 실루엣인가 싶었는데, 하늘거래소의 하얀 인테리어를 빼닮은 것들이었다. 온통 하얀 세상은 분명 사장님의 기호일 것이다.

그래도 '기지'라는 말이 어울리게 이것저것 가구들을 가져다 놓아서 책상과 의자도 있었고, 소파도 있었다. 직원들은 자기만의 방식대로 휴식을 취하고 있었다.

"요우, 우식! 왔구나!"

나를 발견한 정수가 반갑게 맞아주었다.

"생각보다 빨리 기지를 찾아왔네? 잘 왔어! 너 혼자 온 거야?"

"혼자 온 이유가 있어. 잠깐 얘기 좀 할 수 있을까?"

나는 정수를 덥석 잡고, 다른 직원들의 눈에 띄지 않는 곳으로 데리고 갔다.

"뭐야, 무슨 일 있는 거야?"

"규진 선배가 사라졌어."

"뭐라고?"

"갑자기 사라졌다고. 동행 중에. 우리 시간으로 며칠이 지났는데도 안 와."

"설마……."

"진짜야. 혹시 너도 그 괴담 같은 거 들었어? 시간 동행자들이 동행 중에 사라진다는 거 말이야."

정수는 진지한 표정을 지었다.

"나도 들었어. 하지만 실제로 본 적은 없어. 나도 들어온 지 얼마 안 됐으니까."

"어떡하지? 이 사실을 사장님께 알리는 게 좋겠지?"

"글쎄, 하지만 동행이 끝나기 전까지는 본거지로 갈 수 없어. 일단 종현 선배한테 도움을 요청하는 게 어때? 어쨌든 우리보다 훨씬 오래 일했고, 규진 선배와 친하니까."

"그건 별로 좋지 못한 생각인데."

갑자기 낯선 목소리가 우리의 대화에 끼어들었다. 정수와 나는 낯선 목소리가 들린 쪽으로 몸을 돌렸다. 낯선 목소리의 그 녀석은 180센티미터는 되어 보이는 키에 호리호리한 체형이었고, 까만 뿔테 안경을 쓰고 있었다.

"누구냐, 넌?"

정수의 질문에 녀석은 우리에게 성큼 다가왔다.

"상윤이라고 한다. 너희보다는 오래 여기 있었지."

정수가 무어라고 하기 전에 나는 정수의 말을 가로채고 상윤이라는 녀석에게 물었다.

"너, 뭔가 알고 있는 거야?"

"그 전에, 너희 소개부터 하지 그래?"

"니가 뭔데 우리보고 소개를 하라, 마라야?"

정수는 툴툴거렸다. 하지만 지금 그런 걸 가릴 처지가 아니다. 나는 녀석이 원하는 걸 먼저 들어주었다.

"나는 우식이라고 해. 여기 신입으로 온 지는 얼마 안 됐고. 일주일쯤 됐나? 이번이 첫 동행이었는데 내 사수가 갑자기 사라졌어."

"네 사수 이름은?"

"규진."

"규진 선배, 꽤 오래 있었지. 아, 나는 참고로 이번이 세 번째 동행이고, 6개월쯤 됐어. 규진 선배가 사라진 건 정말 의외네."

이 녀석도 내 사수를 아는 모양이다. 그만큼 내 사수가 오랫동안 일했다는 뜻이기도 할 것이다.

"자, 이제 네가 알고 있는 걸 알려줘. 시간 동행자들이 동행 중에 사라진다는 거, 진짜야?"

"네가 직접 겪었으면서 뭘 묻고 그래?"

"나는 단순히 괴담인 줄 알았어."

"괴담이 아닌 게 이로써 확실해졌네."

"그래서 너라면 어떻게 할 건데?"

이번엔 정수가 끼어들었다.

"이제 다음은 누굴까?"

"뭐가?"

"사라질 사람 말이야. 다음엔 네 사수인 종현 선배일까?"

"뭐라고? 이 자식이……."

"너희, 뭔가 이상하지 않아? 하늘거래소, 그리고 여기 직원들 말이야."

"이상하지. 그치만 이상한 게 한 두 개야? 일단 수명을 거래한다는 거부터가……"

"그렇게 가만히 있다가 다음엔 네가 사라질 수도 있는 거야."

"이 자식이 보자 보자 하니까……."

아무래도 정수와 상윤, 둘의 성격은 절대 맞지 않을 거 같았다.

"그럼 넌 어떻게 할 건데? 그 말은 네가 그 대상이 될 수도 있다는 얘기잖아?"

상윤은 내게로 고개를 돌렸다.

"시간 동행자들의 공통점이 뭔지 알아?"

"갑자기 뭔 소리야?"

상윤의 급작스러운 질문에 정수는 볼멘소리를 냈다.

공통점이라…….

공통점은 바로 그거지. 기억이 없다는 거.

"기억……."

나는 작게 읊조렸다. 상윤이 내 말을 듣기라도 했는지 바로 반응했다.

"그래. 기억이 없다는 건 자기가 누군지도, 어디에서 살았는지도 모를 뿐 아니라 어디로 돌아가야 할지도 모른다는 거지."

"그래서?"

"지금부터는 내가 세운 가설이야. 맞을지 안 맞을지는 모르지만."

정수는 상윤의 말을 들어보기로 결심했는지 말을 가로채지 않고 진지한 표정으로 바라봤다.

"우리에겐 분명 기한이 있어. 언제까지인지는 정확히 모르지만……. 그리고 그 기한 내에 뭔가를 하지 않으면 사라지는 거야."

"그 '뭔가'가 뭔데?"

"내가 생각한 바로는 '원래 기억들' 같아. 기억을 찾지 못하면 사라지는 거지."

기억을 찾지 못하면 사라진다…….

"네 말이 맞다고 치자. 그런데 없어진 기억을 무슨 수로 찾아?"

"넌 그래서 네 기억을 찾았어?"

정수의 질문에 나도 내 질문을 얹었다.

"그건 대답할 수 없어."

"그러면 그렇고 아니면 아닌 거지 대답이 그게 뭐냐? 이상한 놈이네. 야, 우식아. 쟤 말 더 들을 것도 없어. 가설도 아니고 그냥 저 녀석 추측이야."

정수는 나에게 그만 가자는 제스처를 취했다.

"믿고 안 믿고는 너희 자유야. 기억이 아닌 다른 무언가일 수도 있지. 하지만 확실한 건, 시간 동행자들은 어떤 정해진 기한 안에 뭔가를 이루지 못하면 사라진다는 거야. 하필 우린 기억이 리셋된 상태로 하늘거래소에 들어왔고. 그래서 기억이 중요한 열쇠라고 생각해. 난 그 기억을 되찾기 위한 방법을 연구 중이야. 내가 누군지도 모른 채 이 세상에서 영영 사라지기는 싫거든."

"그런데, 우리한테 왜 알려주는 거야?"

"시간 동행자들이 사라진다는 거, 사실 긴가민가했거든. 나 역시 들어온 지 얼마 안 돼서 그런 걸 본 적도 없고. 그런데 마침 너희들이 하는 얘길 들었어."

"궤변이야, 궤변."

정수는 중얼거렸다.

"뭐, 딱히 부정하진 않을게. 직접 그 수상한 소문을 겪은 사람이라면 내 말에 더 설득되지 않을까 싶어서 말한 거기도 하니까. 그리고 왠지 우식이 네 주변에 그런 일들이 앞으로 더 나타날 가능성이 있을 것 같아서 너와 말을 터놓는 게 좋을 거란 생각이 들었어. 내가 하고 싶은 말은 여기까지야. 그러니 너도 잘 고민해 보도록 해."

그러고는 상윤은 뒤도 돌아보지 않고 쿨하게 기지를 나갔다.

"야, 우식. 너 쟤 말이, 말이 된다고 생각하냐?"

"아니."

"그렇지?"

"하지만 동의해."

나도 '기억'이라는 부분에서 상윤과 비슷한 생각을 했던 적이 있으니까.

"뭐라고?"

"정수야, 일단 종현 선배한테는 말하지 말아줘."

"우식아, 이건 중요한 문제야. 그러니 더더욱 종현 선배라도 알아야 하지 않겠어? 종현 선배랑 규진 선배는 친했다고."

"아무튼, 말해도 내가 말할 거니까 넌 가만히 있어."

"어쩌려고?"

"일단 나 혼자 의뢰인을 동행할 거야."

"으휴, 간도 크다 이놈아."

나는 일단 상윤의 말을 믿어보기로 했다.

거점 기지를 나와 다시 내 의뢰인이 있는 곳으로 갔다. 석상처럼 굳어 있던 아저씨가 다시 살아났다.

아저씨는 오늘처럼 늦게 퇴근하는 날이면 꼭 편의점에 들렀다. 아저씨가 늦게 퇴근하는 날은 어김없이 김 차장에게 쓴소리를 들은 날이었다. 의뢰인 편을 드는 건 아니지만, 김 차장이 유독 아저씨를 갈구는 거 같긴 했다.

오늘도 거리 조절에 실패했다. 아저씨는 뭐가 그리 반가운지 나에게 살갑게 인사를 했다. 어쩔 수 없이 나도 고개를 까딱했다.

아저씨는 맥주를 한 모금 들이켜고 나무젓가락으로 라면을 집어 호호 불다 말고 갑자기 일어나서는 편의점 안으로 들어갔다. 오늘은 김치라도 당겼는지도 모른다. 뒤통수에 딸랑거리는 소리가 나는 듯하더니, 포장지를 조금 뜯다 만 소시지를 나에게 내밀었다. 갓 데운 소시지에는 연기가 피어올랐다. 매콤한 가공육의 냄새가 코를 찔렀다.

"됐어요."

"소시지 안 좋아해?"

"네."

의뢰인이 사주는 소시지라니. 먹었다간 나중에 뇌물수수 혐의로 잡혀갈지도 모른다. 게다가 난 지금 소시지 따위에 한눈팔 때가 아니었다. 내 머릿속에서는 아까 상윤과 나누었던 대화가 자꾸만 반복 재생되었다.

아니, 그런데 생각해 보니 참 이상한 아저씨네. 저번에도 그러더니 왜 자꾸 먹을 것을 권하는지 모르겠다.

나는 다시 거점 기지로 갔다.

오늘은 정수가 보이지 않았다. 그렇지만 상윤이 있었다. 상윤은 뿔테 안경을 추켜올리며 나를 바라봤다. 그건 아마 상윤만의 인사법일 것이다. 나는 그의 인사에 응하고는 옆에 앉았다.

"오늘은 네 친구가 안 온 것 같은데."

"알아. 내가 찾으러 온 건 사실 너야."

"이유는?"

"난 네 가설 믿어. 정수는 안 믿는 눈치지만. 나도 네가 말한 그 '기억'이란 거에 꽂혀 있었거든."

"네가 그렇게 말하니 나도 패를 하나 꺼내야겠지. 나는 사실 내 기억을 찾았거든. 아주 조금."

내 심장은 빠르게 요동쳤다. 상윤에게 궁금한 것이 너무나 많았다.

"아주 조금이란 건 또 뭐야?"

"일부분만 찾았다는 뜻이야. 그것도 아주 어린 시절 기억. 내 현재 신상과 직접적으로 맞닿아 있는 기억은 아니지만 그래도 큰 수확이라고 생각해."

일단 기억이란 건 한꺼번에 되찾을 수 있는 그런 성격의 것이 아니란 거군.

"근데 왜 저번엔 그렇게 말하지 않았어? 말했더라면 정수도 네 말을 믿었을 텐데."

"녀석의 눈에는 신뢰가 없었어. 그런 녀석에게 내 정보를 주는 건 그다지 이로울 게 없거든."

"아."

침묵이 흘렀다.

"혹시…… 너는 어떻게 기억을 찾게 된 거야?"

"모든 기억이 다 같은 건 아냐."

상윤은 일어났다.

"어떤 기억 중 일부는 추억이 되지. 보통 사람들이 말하기로는 추억은 형체가 없다고 하지만 말이야. 어떤 향기를 맡거나, 맛을 보고, 감촉을 느끼면 관련된 추억이 떠오르기도 하잖아? 즉, 추억은 물건에 묻어나오는 거지. 그게 물건이 아니라 어떤 장소가 될 수도 있고."

"무슨 말인지 모르겠어. 빙빙 돌려 말하지 말고 정확하게 얘기해 줘."

"추억을 좇으라는 얘기야. 그리고 '이용'해."

내가 더 묻기도 전에 상윤은 긴 다리로 순식간에 거점 기지를 나갔다. 하얗고 아득한 공간에 나 혼자 덩그러니 남겨졌다.

추억을 좇아라.

추억을 좇기 위해서는?

추억을 불러일으키는 것들을 찾아야 한다.

하지만 무슨 수로?

이 세상의 모든 것들을 다 씹고 뜯고 맛보고 즐길 수는 없는 노릇 아닌가?

그리고 뭘 이용하라는 거야? 새끼.

뭐 이런 수수께끼 같은 녀석이 다 있어. 그냥 알려주면 어디가 덧나는 거냐.

겉으로는 쿨한 척하면서 순순히 알려주기는 싫은 모양인가 보지.

나는 그래도 수확이 있다고 마음을 가다듬으며 다시 의뢰인이 있는 곳으로 갔다.

오늘도 역시나 거리 조절에 실패한 나는 아무래도 아저씨한테 잘못 걸린 듯했다. 오늘따라 아저씨는 말이 많았다. 나도 내 문제 때문에 골이 아픈데, 의뢰인의 말까지 들어줘야 했다. 자기만 떠들어댔던 게 미안했는지 아저씨는 갑자기 나에게 질문을 던지기 시작했다.

생각해 보니 차라리 혼자 떠들어대던 편이 나았던 거 같다.

"어떠냐?"

"뭐가요?"

"네 일은 할 만하냐?"

"그건 갑자기 왜요?"

"그냥."

"시간이 정신없이 도는 것 빼곤 괜찮아요."

나는 사실대로 내 느낌을 말했다. 이번에는 내가 질문했다.

"그러는 아저씨는 어떤데요?"

"뭐가?"

"뭐긴요. 회사생활 말이에요."

솔직하게 말하면 맨날 회사에서 깨지는 아저씨의 모습을 보니 하나도 행복할 것 같지 않았다.

"이러쿵 저러쿵 할 게 뭐가 있니. 처자식 먹여 살리려면 당연한 거지."

"거지 같잖아요. 아저씨 상사 말이에요. 별것도 아닌 일에 매번 갈구고. 만년 대리 어쩌고 하면서 승진 소리나 하고."

"뭐라고?"

아차 싶었다. 만년 대리가 아저씨의 자존심을 건드리는 말 같아서였다.

"이 녀석아, 아직 만년 대리 소리 들을 때는 아냐."

다행히 아저씨는 받아들이기로 한 모양이었다. 내가 보고 있든지, 만년 대리 소리를 들었든지 그 무엇이든.

"제가 나중에 대머리독수리 닮은 그 뒤통수라도 몰래 세게 쳐드릴까요?"

미안한 마음으로 건넨 시답잖은 나의 위로에 아저씨는 빵 터졌다.

"하하하! 됐다, 이 녀석아. 네가 살았던 세상이야 회사에서 말단 직원들도 할 말 다 하고 사는 세상이겠지만, 지금 2007년만 해도 그렇지 않단 말이다. 무조건 상사가 까라면 까라는 거지 뭐."

내가 살았던 세상? 내가 죽었는지, 살았는지도 모르는데…….

"그럼 그렇다 치고요, 상사가 까라면 까라는 세상에 사는 아저씨는 왜 안 까고 버티고 있어요? 아저씨가 맨날 빠지니까 회사에서 거지 같은 소리 듣잖아요. 그럴 거면 차라리 시키는 대로 하는 게 낫지 않아요?"

내 말에 아저씨는 진지한 낯빛을 띠었다. 날카로운 질문이었나.

"내가 왜 하늘거래소에 가기로 결심했는지 아니? 죽기 전에 말이야, 잘 기억은 안 나지만 내가 딱 그랬던 것 같더구나. 그냥 시키는 대로 다 하는 사람. 근데 그렇게 살다 보니 가장 후회되는 게 뭔지 아니? 회사에 충성하다가 가족과 좋은 시간을 보내지 못한 것.

그게 내가 다시 과거로 돌아가고 싶은 이유였어. 나에게 유일하게 또렷이 기억하는 명분 같은 거지."

"이해됐어요."

"그러냐? 그래도 누군가 내 편을 들어주니 기분은 좋구나."

아저씨는 빙긋 웃었다.

이렇게 오래 대화를 나누는 건 처음 있는 일이었다. 하지만 의뢰인과의 속 깊은 대화라니, 찜찜했다.

5
20080331_만두찐빵

또 이렇게 의뢰인의 1년이 거의 지나가고 있다.

나에겐 열흘 정도의 시간이 지난 셈이다. 상윤에게 은밀한 힌트를 받고 난 뒤로도 아무런 수확이 없었다.

물론 나에겐 아직 두 달도 넘는 시간이 남아 있었지만, 지금 흘러가는 시간의 속도로 봐서는 의뢰인과의 계약 기간이 금방 끝날 거 같았다.

그리고 또 새로운 의뢰인과 동행하겠지. 그리고 또 금방 계약 기간이 끝날 거고. 그러다 보면 어느새 내 사수처럼, 나라는 존재는 먼지도 남기지 않고 사라지고 말 거다.

안 그래도 기운 빠지는데, 의뢰인과의 동행은 더 기운 빠지는 일이었다.

 아저씨한테는 좋은 일이 하나도 안 생겼다. 마치 드라마 속 고통만 겪는 주인공의 삶을 지켜보는 것만 같았다. 드라마라면 채널을 돌리면 그만이지만, 나는 강제로 지켜봐야만 했다. 심지어 난 이 드라마의 결말까지 알고 있었다.

 평소처럼 김 차장에게 깨지기만 했으면 아저씨는 맥주 한 캔과 컵라면으로 속을 달래고 끝냈을 것이다. 하지만 오늘은 진급 결과도 나왔다. 아저씨는 김 차장이 예언한 것처럼 후배와 다투는 진급 자리에서 밀려났다. 아저씨는 나에게 해명했다. 굳이 그럴 필요가 없지만. 또 거리두기에 실패한 나는 아저씨의 푸념을 들어줘야만 했다.

 아저씨는 세 번째로 딴 캔맥주를 크게 한 모금 들이켜곤 목구멍이 따가운지 '크' 하고 소리를 내었다.

 "하지만 난 후회하지 않아! 왜냐, 내가 선택한 거니까!"

 아저씨는 계속해서 중얼거렸다.

 "그래도 이게 맞는 걸까……. 휴, 모르겠어, 정말. 돌아와서도 변한 게 없는 것 같아……. 이렇게 시간만 낭비하게 되면 어쩌나……."

 한참을 푸념하던 아저씨는 이제 다시 정신이 돌아왔는지 마른 손으로 얼굴을 싹싹 비비며 나에게 미안하다고 했다. 그러고는 갑자기 일어나서 편의점 안으로 들어갔다.

 찐빵.

오늘 아저씨가 나에게 내민 것은 하얗고 말랑하고 보드라운 찐빵이었다. 모락모락 김이 공기 중으로 날아가고 있었다.

아저씨는 습관처럼 매번 나에게 먹을 것을 권했고, 그때마다 거절당한 편의점 음식들을 제 배 속에 넣어 처리하곤 했다. 찐빵의 온기는 아저씨의 컵라면 식사를 기다려주지 않을 것이다. 아니, 그게 나랑 뭔 상관이지?

의미 없는 생각들이 오고 가는 가운데, 나의 뇌가 명령을 내리기도 전에 내 손은 이미 찐빵을 받고 있었다.

이런 젠장! 나는 찐빵을 바라보며 침을 삼키고 있었다. 찐빵을 받아 든 내 모습이 민망해졌다. 아저씨는 나에게 찐빵을 건네고 나서 후루룩거리며 면발을 삼켰다. 아저씨의 라면 흡입 소리는 평소보다 더 요란했다. 그 요란한 소리에 나의 민망함이 묻혀 없어지도록 최대한 숨죽여 찐빵을 베어 물었다. 따뜻하고 달콤한 팥앙금이 입속에 가득 퍼졌다.

나는 한 번 더 찐빵을 베어 물었고, 나도 모르게 눈을 감았다. 그런데 이상했다. 맛을 음미하면 음미할수록 떠오른다.

나는 지금보다 더 조그만 손으로 찐빵을 한입 가득 넣었다.

하마터면 혀가 델 뻔했다.

나의 손을 감싼 어떤 큰 손의 누군가가 나의 찐빵을 후후 불어준다.

따뜻한 팥앙금 냄새가 코를 찌른다.

시선을 위로 올리니 빨간색 간판의 '만두 찐빵'이 보였다.
"맛있냐?"
나는 다시 돌아왔다. 갑자기 짜증이 치밀어올랐다. 드디어 잃어버렸던 기억이 떠오를 찰나였다. 하지만 아저씨가 말을 거는 바람에 더는 기억을 끄집어내지 못했다.

그렇지만 반대로 아저씨가 찐빵을 권하지 않았다면 아무것도 떠올리지 못했을 거다. 나는 그렇게 마인드 콘트롤을 하며 감정을 억누르고 대답했다.

"……예."

"여기 천마 이 회사가 찐빵 하나는 아주 기가 막히게 만들지. 아마 편의점에서 제일 잘 나가는 찐빵은 천마 찐빵일 거다. 이 녀석들은 팥앙금에 뭘 넣는지 도통 모르겠단 말이지."

아저씨는 식품 회사 직원답게 찐빵 회사에 대한 간단한 평을 늘어놓았다.

"흠, 뭐 그렇기도 하고 원래 남이 사주는 게 더 맛있는 법이지."

'만두 찐빵'이라 쓰여 있던 빨간색 간판. 내 신상에 대한 첫 번째 단서였다. 그것만으론 부족했다. 내가 그냥 찐빵을 좋아하는 놈인지, 만두 찐빵 사장의 아들인지 알 수가 없다. 일단 빨간색 간판의 '만두 찐빵' 가게를 찾아야 했다. 그곳에 가면 기억이 날 것 같기도 하다.

다음 날부터 나는 아저씨가 매일 다니는 출근길과 퇴근길을 따라

다니며 빨간색 간판의 만두 찐빵 가게를 찾았다. 그러나 모두 허사였다. 아무래도 거리 반경을 좀 더 넓혀야 할 거 같았다.

하지만 여긴 의뢰인의 시간이고, 나는 의뢰인의 시간 속에서 동행자로서 역할을 해야만 했다. 의뢰인을 놔두고 만두 찐빵 가게를 찾아다닐 순 없는 노릇인 데다가, 이 시간 이 지역에 대한 어떤 정보도 나에겐 없었다.

아무래도 다시 상윤을 만나봐야 할 때가 온 것 같았다. 녀석은 머리가 좋으니 또 다른 정보들을 입수했을지도 모른다. 나는 거점 기지로 갔다. 다행히 상윤이 있었다. 그리고 정수도. 가장 먼저 나를 반긴 건 정수였다. 정수도 이 판에 끌어들이는 게 좋을 것 같았다. 나는 정수를 데리고 상윤에게로 갔다. 정수는 저 녀석 말을 아직도 믿느냐며 상윤에게 다가가는 내내 핀잔했다.

"나 찾았어. 내 기억. 조각 같은 하나지만."

내 말에 상윤도 정수도 내 얼굴을 뚫어지게 쳐다보았다.

"정말이야?"

"난 지금부터 네 가설에 제대로 걸어보려고."

나는 찐빵에 묻은 기억을 상윤과 정수에게 간단하게 설명했다.

정수에게는 선택권을 주었다. 어차피 우린 하늘거래소에 계속 있을 수 없고, 언젠가는 기억을 찾아나가야 한다고. 정수는 완전히 의심을 버리지 못한 표정이었지만 그래도 함께 하겠다는 말을 덧붙였다. 내가 먼저 말을 텄다.

"일단 우리가 알고 있는 사실들을 조합해 보자고. 우리는 왜 하늘거래소에 온 걸까? 그리고 우린 왜 직원이 된 거지? 의뢰인이 아니라."

"의뢰인들과 우리의 차이점이 뭘까?"

"죽지 않은 거겠지."

너무나도 당연하다는 듯이 상윤이 뿔테 안경을 추켜올리며 대답했다. 하지만 상윤의 말이 맞다. 죽었다면 하늘거래소의 의뢰인으로 오는 게 맞다. 그들처럼 푸르딩딩하고 뻣뻣하고 뼈만 남은 육신을 이끌고.

하지만 직원들의 모습은 평범한 인간처럼 살굿빛이 도는 얼굴이었고, 도저히 죽은 사람이라고 볼 수 없었다.

"그럼 우린 아직 살아 있다고?"

정수가 물었다. 살아 있느냐는 질문에는 답하기 어려웠다. 살아 있는 인간과는 거리가 먼 일들을 하고 있으니까.

나는 갑자기 사장님의 말이 떠올랐다. 사장님은 나의 사수에게 나를 가리키며 '어차피 얼마 있지 않을 녀석'이라고 했다.

"상윤이 네가 저번에 이야기했던 것처럼 확실히 우리에게 뭔지 모를 '기한'이 있다는 건 맞는 것 같아."

나는 사장님이 나를 가리켜 표현한 말을 상윤과 정수에게 설명했다.

"어쨌든 첫 번째로, 적어도 우린 죽지 않았다는 거야. 두 번째로는 기억이 없다는 거고. 세 번째는 정말로 어떤 기한이란 게 존재한다는 것."

"그런데, 저번에 '이용'하라는 말은 무슨 뜻이야?"

나는 상윤에게 질문했다.

"네가 한 거. 그게 이용이야. 의뢰인을 이용해 네 기억이 묻은 매개체를 찾아냈잖아."

"하지만 나는 아저씨를 이용하려고 한 게 아냐. 그냥 권하니까 우연히 먹게 된 거지……."

"뭐, 의도가 어찌 되었든 결과적으로는 이용한 게 된 거지. 보통 시간 동행자들은 의뢰인의 삶에 개입하지 않아. 그게 원칙이고. 그러니 지금까지 시간 동행자들이 자기 기억을 찾기 어려웠던 거야. 하지만 의뢰인의 시간을 잘 이용하기만 한다면, 우리의 기억을 되찾을 수 있을지도 모르지."

"그렇다면 네 말은, 의뢰인과 친해져라, 이 뜻이야?"

정수의 질문에 상윤은 어깨를 으쓱했다.

"하지만 난 쉽지 않아. 일단 종현 선배가 있으니까. 내가 의뢰인과 친해지려 하면 종현 선배가 날 이상하게 볼 거야. 그리고 이거 위험

할 수도 있어. 사장님이 알게 되면 어쩌려고?"

"사장님 말 잘 들어봤자 그 끝은 사라지게 되는 것밖에 없어. 그럴 바엔 뭐든 시도해 보는 게 낫지 않겠어?"

아무튼 우린 서로 이야기를 주고받으며 여러 가지 단서들을 정리했다. 정리하고 보니 꽤 쓸모 있는 정보 같았다.

"꼭 우리 작당 모의 하는 거 같지 않냐."

정수가 키득거리며 말을 붙였다.

"너, 신나 보이는데?"

"아니, 그냥. 재밌잖아. 뭔가 거대한 암흑 조직의 내막을 파헤치는 집단 같달까. 좋았쓰! 종현 선배의 레이더망을 피하긴 어렵지만 나도 노력해 볼게."

의심이 가득했던 정수는 어느새 한껏 몰입해 있었다.

우리는 주기적으로 모임을 갖기로 했다. 일단 각자 맡은 의뢰인의 삶에 최선을 다해 동행하면서, 사소한 것이라도 알아낸 게 있다면 공유하기로 약속했다. 갑자기 나도 가슴이 뛰었다.

마침 오늘은 아저씨가 편의점에 들르는 날이었다.

아저씨는 내게 찐빵을 건넸다. 사실 아저씨가 내게 찐빵을 건네주길 내심 기대했다. 오늘 한 번 더 찐빵을 먹으면 더 기억이 나지 않을까 해서.

나는 아저씨가 면발을 흡입하는 사이, 얼른 찐빵을 한 입 베어 물었다.

결과는 실망스러웠다. 어떤 기억도 스쳐 지나가지 않았다. 어쩌면 그 이유는 야채 찐빵이기 때문일지도 몰랐다.

아저씨는 5분도 안 되어서 다시 편의점에 들어갔다. 아저씨가 사 온 것은 또 다른 파란색 맥주캔이었다.

아무래도 오늘 아저씨의 편의점 노상은 좀 더 길어질 거 같았다. 아저씨는 오늘도 김 차장에게 탈탈 털렸기 때문이다. 김 차장의 갈굼은 날이 갈수록 심해졌다.

아저씨의 고달픈 상황은 안타깝지만, 갑자기 좋은 생각이 났다. 이왕 이렇게 된 거, 나는 좀 더 과감해져 보려고 한다. 어차피 박영진 의뢰인의 동행자는 나뿐이니까.

나는 목소리를 가다듬기 위해 침을 삼켰다.

"아저씨, 저랑 거래 하나 하실래요?"

"거래?"

"아저씨가 절 도와주면 저도 아저씨를 도와드리죠."

"네 녀석이 뭘 할 수 있다고······."

나는 파일을 들어 보이며 말했다.

"이게 뭔지 아세요? 이 파일은 아저씨가 살았던 삶에 대한 기록이에요."

"뭐라고?"

"참고로 이 파일은 저만 읽을 수 있어요. 그러니 무력으로 뺏을 생각 마세요. 그랬다간 사장님한테 이를 거니깐요."

사실 이건 지어낸 말이었다. 나를 보호할 수 있는 장치가 필요해서 막 뱉은 말이었다.

"일단 알았다. 계속해 봐."

"아저씨는 계속 이대로 가도 되는 건지 고민하고 있죠? 혹시 또 후회할 일이 생기지 않을까 걱정하면서요. 하지만 제가 아저씨의 과거에 있었던 일들을 가르쳐드린다면요? 그럼 아저씨가 하는 고민이나 걱정도 약간은 해결되지 않겠어요? 어때요?"

"알 수만 있다면……. 하지만 아까 네가 거래라고 했지. 그럼 나는 너에게 뭘 해주면 되지?"

"저를 만두 찐빵 가게에 데려다주세요."

"뭐, 뭐라고? 갑자기 웬 만두 찐빵이냐?"

"이유는 묻지 마시고요. 단, 빨간색 간판의 만두 찐빵 가게여야 해요."

"그 가게가 정확히 어디 있는 거지?"

"그걸 알면 제가 아저씨한테 거래하자고 하겠어요? 저도 모르니까 도와달라는 거예요."

"흠……."

도와달라는 말은 뺄 걸 그랬다. 도와달라고 하니까 꼭 아저씨가 갑이고 내가 을인 것처럼 보였다.

"싫으면 됐어요. 저도 딱히 찾고 싶은 건 아니니까."

나는 한발 물러섰다.

"오케이! 알았다. 거래하자."

"정말이죠?"

"그래. 네가 어떤 이유에서 나에게 그런 제안을 하는지는 모르겠지만, 나에겐 손해 볼 장사는 아니구나. 아니, 오히려 고맙지."

나는 속으로 안도의 한숨을 내쉬었다. 계약을 성사한 방금 나 자신, 쩔었다.

"그렇긴 해도 힌트 좀 더 줘봐. 빨간색이든 파란색이든, 우리나라에 만두 찐빵 가게가 얼마나 많은지 아니?"

"음."

나는 다시 한번 기억을 더듬어보았다. 빨간색은 배경이요, 검은색은 글씨였을 텐데. 나는 검은색 글씨에 집중해 보려고 애썼다.

"아, 031!"

"031? 지역번호겠지? 그래도 일단 경기도 안에 있다는 말이구나. 다행이야. 고산 김정호 선생도 아니고 전국을 다 돌 수는 없잖니."

첫 만두 찐빵 가게의 방문은 거래가 성사된 3일 후, 아저씨의 외근 날이었다.

"어디부터 가야 할지 고민했는데 갑자기 생각났지 뭐야. 일단 거기에 가보자."

"거기가 어딘데요?"

"로데오 거리. 젊은이들 천지인 곳이지. 마침 시간도 남았고, 어차피 점심도 먹어야 하니 찐빵으로 때워야겠다."

나는 아저씨를 따라 길을 걸었다. 10분쯤 걸어 도착하니 양옆으로 식당이 늘어서 있는 거리가 나왔다.

하지만 아저씨의 말과 달리 거리는 한산했다. 가게의 네온사인은 모두 꺼져 있고 문 연 가게도 얼마 없었으며, 애꿎은 전단지만 굴러다녔다.

그 가운데 저어기 멀리, 뭉게뭉게 하얀 김을 가득 뿜어내고 있는 가게가 하나 보였다.

'명가네 만두 찐빵'

"다행히 빨간색 간판이구나. 그렇지?"

하지만 내가 기억 속에서 본 만두 찐빵 가게인지는 확신이 들지 않았다. 일단 아무것도 기억나는 게 없었다.

아저씨는 삐걱거리는 철제문을 열었다. 가게 안은 소박했고 몇 안 되는 테이블과 의자가 놓여 있었다. 아저씨는 넉살 좋게 주문했다.

"사장님! 여기 팥으로 된 찐빵 네 개요. 그리고 찐만두 한 접시도요. 야채랑 고기 섞어서 주세요."

"조금만 기다리시오."

"앉자."

아저씨는 벽에 붙어 있는 투박한 갈색 테이블을 골라 앉았고, 나는 맞은편에 자리를 잡았다. 아저씨는 수저통을 열어 숟가락과 젓가락을 나에게 쥐여주었다.

잠시 후, 사장님은 하얀색 플라스틱 접시에 담긴 팥 찐빵과 찐만두를 내왔다.

나는 젓가락을 들었다.

"조카요?"

손님 접대를 마친 사장님이 물었다.

"예?"

"요 학생 말이오."

"하하, 아닙니다. 그냥 아는 녀석입니다."

"그래? 손님 나이에 이렇게 큰 아들은 없을 것이고. 둘이 닮았길래 조카인 줄 알았지."

"하하, 그래요? 그런 말은 첨 듣네요."

사장님의 말에 어떤 표정을 지을지 몰라 고민하는 사이, 아저씨는 나에게 찐빵을 권했다.

"먹어봐라."

그렇다. 찐빵 사장님이 뭐라고 하는지는 그다지 중요하지 않았다. 나에겐 이 찐빵이 훨씬 중했다.

찐빵을 먹으면 뭔가 기억이 날지도 몰랐다. 나는 침을 꼴깍 삼켰다. 쇠젓가락에 말랑하고 보드라운 찐빵을 찔러 넣고는 후후 불며 찐빵 한 입을 베어먹었다.

하지만 아무것도 일어나지 않았다. 아닐 거야. 나는 한 번 더 찐빵을 베어먹었다.

"어떠냐?"

찐빵을 두 개쯤 해치웠지만 똑같았다. 나의 표정에 아저씨는 더 이상 묻지 않았다. 다만, 만두를 권하는 표시로 접시를 내 쪽으로 내밀 뿐이었다.

아저씨는 가게를 나오며 말했다.

"아무래도 네가 찾는 그 만두 찐빵 가게는 아닌가 보다. 그렇지?"

"……."

"녀석, 첫술에 배부를 순 없는 거다. 네가 그렇게 죽상이니 내가 미안해지잖니. 내가 말했지? 우리나라에 있는 만두 찐빵 가게, 그것도 빨간색 간판인 곳이 100군데는 넘을 거다. 두 번째 만두 찐빵 가게에 데려다줄 테니 실망하지 마라."

또 데려다준다고? 최선을 다한 아저씨의 위로와 호의에 나도 모르게 마음이 풀어버렸다.

"정말…… 정말 또 데려다줄 거죠?"

"으하핫! 속고만 살았니? 그렇대도."

"그렇담 언제요?"

어른들은 틈만 나면 공수표를 날리기 때문에 정확한 약속 날짜를 받아내야 한다.

"글쎄다……. 오늘처럼 내가 외근하는 날로 정하자. 어떠냐?"

"좋아요."

명가네 만두 찐빵 가게를 다녀오고 나서부터 아저씨는 외근 날이면 돌아오는 길에 나와 함께 만두 찐빵 가게를 들르곤 했다.

아저씨가 거래처를 나오기만 하면 내가 '뿅' 하고 나타나니, 처음에는 어리둥절해했지만 두세 번 겪고 나니 대수롭지 않게 여겼다.

6
20080622 _콩콩팥팥

오늘은 여덟 번째 만두 찐빵 가게를 가는 날이었다. 사실 이쯤 되면 아저씨도 포기할 법도 한데 말이다. 아저씨와 나는 65번 버스를 타기로 했다.

"내가 왜 그 가게를 지금 생각해 냈는지 모를 일이야."

"왜요? 아는 가게예요?"

"우리 어머니가 사시는 동네거든. 이사하신 뒤로 몇 번 가보지 못해서 잊고 있었는데, 오늘 문득 생각난 거야. 그 가게를 한 번도 가본 적은 없지만 그래도 항상 지나치는 가게였어."

"이름이 뭔데요?"

"몰라. 하지만 위치는 알지."

"빨간색 간판이죠?"

"아마도?"

확신 없는 아저씨의 대답이 의심스러웠지만 일단 아저씨를 믿어 보기로 했다. 버스는 손님을 태우기 위해 잠시 멈추어 섰다. 나뭇가지 사이로 햇빛이 들어와 앉았다.

"그런데 말이다, 왜 만두 찐빵 가게지?"

"그건, 음, 말해줄 수 없어요."

내 말에 아저씨는 나를 흘겨보았다.

"이놈아, 내가 이렇게 짬 내서 나와 가게를 찾는 일이 어디 쉬운 줄 아니? 그리고 원래 계약이 오갈 땐 비밀이 없어야 하는 거야."

그러는 아저씨는 비밀스러운 하늘거래소에서 계약하지 않았나. 정확히 뭔지도 모르는 곳에서.

"기억을…… 찾으려고요."

"기억?"

"저번에 아저씨가 편의점에서 처음 찐빵 사준 날, 살짝 기억이 떠올랐거든요. 빨간색 간판의 만두 찐빵 가게에서 찐빵을 먹는 기억요. 이제 됐죠?"

나는 어깨를 으쓱해 보였다.

"이번에 찾아가는 가게가 도움이 되면 좋겠구나."

이건 아저씨의 진심이었다. 아저씨는 굳이 나에게 자세한 사연을 묻지 않았다. 그게 난 또 고맙기도 했다.

열한 번째 정류장을 지날 때 아저씨는 벨을 눌렀다.

여덟 번째 만두 찐빵 가게는 줄줄이 전봇대와 하얗게 떡 진 새똥이 가득한 굽이진 골목 안에 있었다. 골목 안에는 아주 오래된 집들이 대부분이었고, 가게는 딱 세 곳뿐이었다. 그도 그럴 것이, 굳이 가파른 골목을 오르면서까지 이곳을 찾아올 손님 따위는 없을 것이다. 아니, 그 누구도 이런 골목에 가게가 있을 것이라곤 생각하지 못할 것이다. 첫 번째 가게는 '청한슈퍼', 그 옆에는 '정음식당', 마지막으로 '단월 만두찐빵'이었다. 다행히 빨간색 간판이었다. 아저씨와 나는 만두 찐빵 가게에 가까이 다가갔다. 단월이라…….

"찐빵 잡수려고?"

마침 앞치마를 두른 할머니가 나왔다. 사장 할머니는 허리가 살짝 굽긴 했지만 아직 빳빳했고, 투박해 보이면서도 어딘가 모르게 장인 같은 분위기를 풍겼다.

"예, 사장님. 지금 찐빵 먹을 수 있지요?"

"예, 그러시오. 들어오시게."

"찐빵 한 접시요. 한 접시에 네 개 맞죠? 아, 그리고 모듬 만두 한 접시도요."

나와 아저씨는 자리에 앉았다. 지금까지 와본 가게 중 가장 비좁고 낡은 데다 사람이 앉을 수 있는 테이블은 겨우 두 자리뿐이었다.

지금까지 만두 찐빵 가게를 다녀본 경험에 따르면 절반은 포장 전문이었다. 아마도 사장 할머니의 처음 가게 전략도 포장 전문이 아니었을까.

사장 할머니는 커다란 철제 솥뚜껑을 열었다. 모락모락 피어나는 김 사이로 보드라운 찐빵들이 누워 있었다. 사장 할머니는 가장 빛깔 좋은 놈들을 골라 접시에 담았다. 그러고는 수저와 함께 바로 가져다주었다.

"자네는 어딘가 낯이 익구먼."

"하하, 그래요? 저희 어머니가 여기 동네 사시거든요. 오며 가며 보셨나 보죠?"

"그런갑지."

사장 할머니는 다른 철제 솥뚜껑을 열었다. 이번에는 만두 차례일 거다.

"그런데 여기 이름은 왜 단월 만두 찐빵일까요?"

나는 아저씨에게 물었다.

"왜, 꼬마야. 뭐 문제 있냐?"

할머니가 아저씨의 대답을 가로챘다.

"아니…… 그냥요. 제가 만두 찐빵집을 많이 찾아다녔는데, 가게 이름을 왜 단월이라 지으셨는지 궁금해서……."

"별 의미 없다. 이런 별 볼 일 없는 골목에도 이름이 있단다. 여기 골목 이름이 '단월로'거든. 그래서 지은 거지, 뭐."

단월로.

눈앞이 새카매졌다가 새로운 장면이 눈앞에 펼쳐진다.

나는 골목을 오르고 있었다. 책가방을 메고.

다리가 아팠다. 하지만 어쩔 수 없었다. 이 골목을 올라야 집으로 갈 수 있으니까.

집으로 가는 길에 항상 지나친 표지판 하나가 있었다.

'단월로 공원'.

언젠가부터 내게는 느지막한 오후에 집에서 나와 단월로 공원에 있는 그네를 타는 것이 하나의 일과였던 적이 있었다. 해가 늦게 저무는 여름에는 저녁 6시쯤에 나와 있었고, 해가 일찍 저무는 겨울에는 저녁 5시쯤에 나와 있었다. 그 무렵을 특별히 선호했던 이유는 그 시간대에 남자 어른들이 가장 많이 지나다녔기 때문이다. 피곤하지만 어딘가 모를 미소를 머금은 표정에, 한 손에는 까만 봉다리, 한 손에는 각진 가방을 들고 있는 그런 어른들이 많이 보였다.

그 가운데 자꾸만 튀어나오는 기억 조각이 있었다. 초등학교 3학년 때 일이다. 친구들과 교실에서 공깃돌을 갖고 노는데, 한 녀석이 나에게 말을 걸어왔다.

"야, 너 진짜야?"

"뭐가?"

"너 엄마 아빠 없는 거."

나는 녀석의 갑작스러운 질문에 당황했다.

"아, 아니야, 우리 아빠 지금 중국에 있어."

분명 할머니가 그랬다. 아빠 지금 중국에 있다고, 돈 벌러 갔다고. 금방 올 거라고 했다.

"진짜?"

물론 확실하지 않았다. 아빤 지금까지 한 번도 내 편지에 답장하지 않았고, 전화 통화도 한 적이 없으니까.

"진짜라니까!"

"그럼 엄마는?"

순간적으로 나는 까만 리본 같은 게 달린 액자 속 엄마 사진이 떠올랐다. 하지만 나도 모르게 다른 말이 나왔다.

"엄마도."

"뻥."

"뭐?"

"뻥인 거 다 안다고. 우리 엄마가 그러던데? 너희 엄마 죽었다고."

"아니거든?"

"아니긴, 이 거짓말쟁이."

"아니라면 아닌 줄 알아, 저리 가!"

나는 녀석을 밀었다. 그만 가라는 뜻이었다. 하지만 녀석은 물러

서지 않고 계속 입을 열었다.

"우리 엄마가 그러는데, 너희 엄마……."

녀석의 입에서 나올 말이 무서웠다. 다른 애들이 알게 하고 싶지 않았다. 나도 모르게 그런 힘이 어디서 났는지 모르겠다. 순간적으로 나는 그 녀석이 무언가 더 말하기 전에 주먹을 날렸다. 녀석은 나의 주먹에 맞고 쓰러졌다.

"시끄러워, 시끄럽다고! 우리 엄만 아빠랑 같이 중국에 갔다고!"

"으윽……."

녀석은 자기 몸뚱이를 일으켜 세웠다. 그러고는 자기 코를 부여잡더니 갑자기 울음을 터뜨렸다. 코피가 주르륵 흘렀다.

내 아홉 살 인생에서 누군가를 때려본 건 처음이었다.

나는 집으로 돌아가자마자 할머니의 바짓가랑이를 잡고 물었다.

"할머니, 아빠 언제 와?"

"또 그 소리냐. 금방 온대두."

"그니까, 언제?"

"글쎄, 기다려 봐라."

"언제까지 기다려? 도대체 언제 오는데? 우리가 아빠 있는 곳에 가면 안 돼?"

내가 아빠에 대해 말할 때면 늘 할머니는 내 응석을 받아주지 않았다. 되려 혼을 냈다. 그러나 나는 집요하게 물어댔다. 평소 같았으면 두세 마디 더 물어보고 끝났을 테지만, 그날 나는 물러서지 않았다.

"그럼 엄마는?"

할머니는 나를 쳐다보았다. 표정이 없었다. 꼭 동화책 속에 나오는 마귀할멈처럼 무서웠다.

"……죽었다."

할머니는 녀석이 한 말과 똑같이 말했다.

"……왜?"

"……그건 알 필요 없다."

할머니는 저린 다리를 주무르다 말고 커다랗고 까만 보따리를 억지로 끌며 나갔다. 그렇게 끝이라도 났으면 좋으련만. 다음 날, 학교에 간 나는 내가 때린 녀석이 결석했다는 걸 알았다. 나는 그냥 녀석이 코피가 너무 났고 너무 아파서 결석한 줄만 알았다. 그런데, 선생님이 나를 부르시는 것이다. 선생님을 따라 들어간 교실에는 내가 때린 그 녀석과 녀석의 눈매를 닮은 여자 어른이 앉아 있었다.

"쟤야?"

여자 어른은 앙칼지게 그 녀석에게 물었다. 녀석은 세차게 고개를 끄덕였다. 여자 어른은 내가 자리에 앉을 때까지 내내 나를 쏘아보았다. 나는 그 여자 어른의 얼굴도 너무 무서워서 최대한 눈을 마주치지 않으려고 노력했다.

정확히는 기억나지 않지만, 선생님은 나를 앉히곤 부드럽게 타일렀다. 어제 사과했지만, 오늘 또 사과해야 한다고. 그리고 종이에 다시는 그러지 않겠다는 다짐 같은 걸 써야 한다고 했다.

어제 미안하다고 했는데, 또 사과하라고? 나는 선생님께 그 이유를 물었지만, 그래도 사과해야 한다는 게 선생님의 대답이었다. 나는 선생님이 시키는 대로 다시 한번 그 녀석에게 사과도 하고 이상한 종이에 쓰인 내 이름 옆에 볼펜으로 내 이름을 적었다. 이제 교실로 가려는데, 앙칼진 그 여자 어른이 선생님에게 말했다.

"선생님, 저 녀석이 우리 준상이한테 접근하지 못하도록 해주세요. 이거, 엄연한 학교폭력이고, 제가 원래 학교폭력으로 신고하려다 참는 거예요. 그러니까 접근 금지만큼은, 아시죠?"

선생님은 나보고 일단 먼저 우리 반 교실로 돌아가라고 했다. 그 여자 어른은 멀어지는 내 뒤통수에 대고 큰 소리로 말했다.

"부모 없이 자란 앤데 가정 교육은 뻔하지. 아니, 쟤만 놔두고 도망간 거 선생님도 아시죠? 엄마는 자살했다는 소문도 있어요. 하긴, 엄마 아빠가 있었어도 마찬가지였겠지. 콩콩팥팥."

콩콩팥팥. 그 말은 어쩐지 내 가슴에 남았다. 당시엔 그게 무슨 말인지 몰랐다. 그날 이후, 나는 더 이상 아빠에게 편지를 보내지도, 전화를 걸지도 않게 되었다. 나는 확실히 알았기 때문이다. 나에게 어떤 일이 생겨도 우리 아빠 이준상네 엄마처럼 달려오지 않을 거란 걸. 그리고 진짜 이준상네 엄마가 한 말처럼 콩콩팥팥처럼 살았다.

콩이든 팥이든 심은 곳에 곁순 따기를 해준다거나 해충을 제거하는 약을 뿌려줄 사람도 없었다.

그나마 마지막으로 남아 있는 마음이라면, 불편한 거동으로 소일거리를 하며 나를 재워주고 먹여준 할머니에 대한 감사였다.

지금 떠올린 기억과 일련의 생각들은 저번에 떠올렸던 '조각'이 아니라, '뭉치'였다. 기억 뭉치들. 갑자기 머릿속으로 들어온 기억 뭉치는 반가운 마음보다는 쓸쓸함이 감도는 감정을 가져다주었다.

집에 가는 길에 나는 아저씨에게 말했다.
"오늘은 편의점에 가는 거 어때요? 아저씨 퇴근 후에요."
나는 처음으로 아저씨에게 제안했다. 늦은 저녁, 늘 그랬듯이 편의점 앞에 깔린 의자에 앉았다.
"아저씨, 이제 만두 찐빵 가게는 안 가도 될 것 같아요."
"그게 무슨 말이지? 이제 안 가도 된다니?"
"기억이 하나 떠올랐거든요."
"그래? 잘됐구나!"
"아마도 오늘 간 곳이 제가 사는 집 근처인 것 같아요. 책가방을 메고 항상 단월로 공원을 지나는 제가 보였어요."
"그렇군. 간 김에 단월로 공원도 같이 가볼 걸 그랬구나."
난 고개를 저었다. 솔직히 별로 달갑지 않은 곳이라 가고 싶지 않았다.

"아뇨, 다음에 또 찾아갈 기회가 있겠죠. 다 아저씨 덕분이에요."

"네게 그런 말을 들을 줄 몰랐구나. 하지만 기분은 좋네, 하하! 그리고 나도 그동안 너랑 만두 찐빵 가게 다니며 꽤 재미있었어. 다음에 단월로 공원에 가고 싶으면 말해, 같이 가줄 테니."

아저씨는 나와의 거래를 유지할 모양이었다.

"이제 제가 답례를 할 차례죠? 뭐 궁금한 거 없어요?"

"글쎄다……."

"제가 다 알려드릴 순 없잖아요? 저도 아직 다 기억을 못 찾았는데."

나는 아저씨의 정보가 든 파일을 꺼냈다. 그리고 아저씨가 곰곰이 생각하는 동안 파일 속 종이를 빼내어 읽었다. 눈으로 글자를 읽어가며 중요한 정보와 그렇지 않은 정보들을 분류했다.

그 가운데, 눈에 띄는 것이 하나 있었다. 망설여졌다. 얘기해도 되는 걸까? 하지만 가족을 1순위로 생각하는 아저씨에게 이것만큼 중요한 문제가 또 있을까.

"음, 저 아저씨……."

"뭐 잘못된 거라도 있는 거냐?"

"아저씨는 마흔여덟 살에 하늘거래소에 왔죠?"

"그랬지."

"그 가운데 기억은 아예 없는 거예요?"

"그렇다니까. 기억이 있으면 내가 너와 거래하겠니?"

"그래요, 그럼……."

내 입으로 내뱉고 싶지 않았지만 그래야 했다.

"아저씨 아내분이요, 2013년에 사망합니다……."

아저씨의 동공이 커졌다.

7
20090530 _트리거

약속한 회동일이다. 나는 거점 기지로 가서 상윤과 정수를 만났다. 내가 얻은 수확들을 이야기했다.

"어떻게 그렇게 기억이 한꺼번에 들어왔지?"

나도 그게 이상했다. 그 전에 떠올랐던 기억은 스치는 듯한, 아주 파편 같았다. 그런데 이번에는 그냥 하나의 사건이나 경험 같은 게 아니라, 거기에 연결된 수많은 생각, 감정들이 다닥다닥 붙어 있었다. 물론 그렇다고 해서 내 이름이나 나이 같은 최근 신상까지는 알 수 없었다.

아, 그래도 하나는 확실하다. 우리 엄마는 이 세상에 없다는 거.

"아무래도 그 찐빵이라는 매개체가 너의 기억을 되살리는 '트리

거'가 된 모양이야."

"트리거?"

상윤은 종이에 한글로 글자를 쓰고 옆에 'trigger'라는 영어 단어를 썼다. 방아쇠라는 뜻이 있다. 상윤의 말로는 찐빵이 방아쇠가 되어, 기억 뭉치들이 한꺼번에 돌아왔다는 거다.

"좋은 징조야. 그런 트리거가 될 만한 매개체를 만난다면 더 많이, 더 빠르게 기억을 되살릴 수 있겠지."

기억을 되찾는 게, 마냥 좋은 일일까? 지금은 그저 씁쓸하기만 했다. 이것보다 더 슬프거나 괴로운 기억들이 떠오르면 어떻게 할까? 그때도 난 기억을 찾으려 애쓰게 될까? 차라리 모르는 게 낫지 않을까? '모르는 게 약'이라는 말도 있지 않은가.

차라리 몰랐으면 좋았을, 그런 게 또 있었다.

다른 이야기를 할걸.

예를 들면, 아저씨의 회사 진급 문제 같은 거 말이다.

죄책감이 들었다.

설사 그것이 사실이라 해도 전하면 안 됐던 거다.

아저씨에게는 약 1년 전쯤 일이지만, 나에게는 어제 일같이 생생했던 그날, 아저씨는 말이 끝나기 무섭게 내 멱살을 잡았다.

"뭐라고, 이 녀석아? 다시 말해봐. 어서!"

"왜, 왜 그러세요! 이거 놓고 얘기하세요!"

가까이서 본 아저씨의 눈은 시뻘게졌다. 꼭 어느 동화 속에서 봤던 빨간 도깨비 같았다. 빨간 도깨비가 나에게 불을 내뿜었다.

"너, 입으로 뱉으면 그게 다 말인 줄 아냐? 네가 방금 한 말, 진짜냐고?"

아저씨는 나를 쥐어 잡고 흔들어댔다. 숨이 막혀왔다.

"저, 저는 그냥 보이는 그대로 아저씨한테 말한 것뿐이에요!"

아저씨는 나를 거칠게 밀었다. 하마터면 쓰레기통 사이로 넘어질 뻔했다.

"내가 네 녀석 말을 어떻게 믿지? 그냥 꺼져버려! 앞으로 내 눈앞에 나타나지 마!"

아저씨는 그길로 사라졌다.

그날 이후로 나는 아저씨에게 가까이 접근하지 않았다. 아니, 할 수 없었다.

아저씨도 더 이상은 편의점에서 저녁 식사를 때우는 일이 없어졌다.

나와의 마주침을 피하고 싶은 걸까.

당연히 아저씨와 나의 암묵적인 거래도 종료되었다.

그리고 얼마 지나지 않아, 진급은 둘째치고 아저씨는 퇴사하게 되었다.

정확하게 말하면 회사로부터 일방적으로 권고사직 통보를 받고 해고당한 것이다.

뉴스에는 작년부터 금융위기니 뭐니 하며 연일 보도가 올라왔다. 불경기가 되자 많은 회사가 직원들을 하나둘씩 정리해고했다. 동기들을 따라 제때 승진하지 못한 아저씨도 정리해고의 대상이 되었다.

권고사직은 분명 원래의 삶 속에는 없던 시나리오였다.

아저씨는 집으로 돌아가는 내내 낯빛이 어두웠다. 하지만 숨길 수는 없는 노릇이라, 아내에게 사실대로 털어놓았다. 아저씨의 아내는 오히려 아저씨를 위로했다.

아저씨의 아내는 잠시 생각하더니 입을 열었다.

"그동안 혹시 내가 일해보는 건 어떨까? 저기, 낙원 사거리에 있는 보습 학원에서 사람을 구하더라고……. 혹시 학생들 가르쳐보지 않겠냐고 해서. 마침 당신이 쉬는 동안 나라도 가서 일하면 어떨까 하는데."

"안 돼."

아저씨의 반대는 매우 단호했다.

"왜? 잠깐 가서 일하는 거야."

"그래도 안 돼! 무슨 일이 있어도 절대 안 돼!"

갑자기 아저씨의 목소리는 커졌다.

"당신 혼자 바쁘게 일하는데 내가 언제까지 애만 돌보고 있어? 같이 일해야지."

"내가 다 알아서 할 거야. 그러니까 그런 소리 할 거면 접어둬!"

"왜 이렇게 흥분하는 거야? 목소리 좀 낮춰!"

아내는 아저씨를 다그쳤다. 아저씨의 높아진 언성에 놀란 듯 아이의 눈이 커져 있었다.

"잠깐 나갔다 올게."

아저씨는 동네를 한참 거닐다 편의점 앞 의자에 앉았다. 편의점 앞에 앉아 있는 아저씨를 꽤 오랜만에 보는 것 같았다. 갑자기 무슨 용기가 솟았는지 모르겠다. 나는 아저씨에게 더 가까이 다가갔다.

아저씨는 고개를 들었다.

"너구나."

욕 한 바가지 먹을 각오를 했지만, 예상과 다르게 아저씨는 부드럽게 말을 걸었다. 괜스레 가슴이 따끔거리고 콕콕 쑤셨다.

"앉아."

한동안 말이 없다가 아저씨가 먼저 입을 열었다.

"미안하구나."

미안하다니, 너무 의외의 말이라 아저씨를 쳐다보았다.

"사실 나는 다시는 너를 보지 않으려고 했거든. 더 이상 편의점도 가지 않았지. 너와 마주치는 곳은 항상 여기였으니까."

"……."

"한동안 제정신이 아니었거든. '그 사실'을 받아들이기 위해 꽤 오랜 시간이 걸렸어. 처음에는 부정도 해보고, 네 녀석 탓도 해봤는데 말이다. 부정한다고 될 일도 아니고 네 탓도 아니라는 걸 알았지."

"……."

나도 하고 싶은 말이 있었다. 죄송하다고, 너무 죄송하다고. 내가 차라리 말하지 말았어야 했다고. 하지만 왜 목구멍 밖으로 그 말이 나오지 않을까?

"하지만 이제 괜찮아. 받아들이기로 마음먹었거든. 그리고 내가 할 수 있는 일을 하기로 했지. 사실 이것도 최근에서야 깨달은 거야. 놀랍지?"

아저씨는 쓴웃음을 지어 보였다.

"하지만 당장 급한 불부터 꺼야겠다. 내가 말이야, 백수가 됐거든. 나 대신 이제 아내가 일하겠다고 하는데 그렇게 둘 순 없고 말이야."

아저씨는 갑자기 머리를 감싸 쥐었다.

"무슨 일이 있어도 막아야 돼!"

마지막 말은 내게 한 말이 아니었다. 아저씨가 스스로에게 한 말이었다.

아저씨는 집으로 돌아가 다시 아내를 설득했다. 자기가 다 알아서 할 테니 믿고 기다려 달라고.

아저씨의 아내는 이상하게 생각했지만, 일단은 알겠다고 대답했다.

아저씨는 일주일쯤은 집에서 쉬는 듯하더니, 그 이후로는 밖에서 시간을 보내는 일이 많아졌다. 재취업을 위해 도서관을 찾기도 하고, 면접을 보러 오라는 회사에 가는 등 여러 곳을 전전하며 다녔다.

아저씨는 다시 편의점에 들렀다. 매일은 아니고 가끔. 재취업을 위한 모든 일정을 마치고 늦게 귀가할 때면 그랬다.

나도 전처럼 아저씨가 편의점에 들를 때면 내 모습을 드러내 보였다. 나와 아저씨의 접촉은 자연스럽게 다시 이어졌다.

"뭐 먹을래?"

"아뇨."

"그래도 말해봐. 찐빵?"

나는 이제 더 이상 찐빵은 먹고 싶지 않았다. 찐빵을 거절하기 위해 다른 가공식품을 생각해 내야만 했다.

"그럼 곧 여름이니 아이스크림이나 사주세요."

"그렇구나. 여름이지. 찐빵 먹을 계절은 아니구나."

아저씨는 들어오라는 손짓을 했다. 아저씨는 평소처럼 컵라면과 맥주 한 캔을 골랐고, 나는 빵 사이에 바닐라 맛 아이스크림이 샌드위치처럼 들어가 있는 걸 골랐다.

아저씨와 나는 자리에 앉았다. 늦봄의 바람이 얼굴을 간지럽혔다. 연둣빛 옷을 입은 나무도 살짝 흔들렸다. 아주 오랜만에 평화로움 같은 게 느껴졌다.

"우리 아들도 아이스크림을 참 좋아하는데 말이야."

"어린애 중에 아이스크림 안 좋아하는 애도 있나요?"

"그렇긴 하지."

문득 궁금해졌다. 아저씨도 꿈이란 게 있을까? 분위기가 그래서인지 나도 모르게 운을 뗐다.

"아저씨, 아저씨는 꿈이 뭐예요?"

"꿈?"

"네, 뭐 되고 싶은 거나 이루고 싶은 거 말이에요."

"글쎄다, 가족들이랑 행복하게 사는 거?"

"그런 거 말고요. 진짜 꿈이요."

"얌마, 이게 내 진짜 꿈이야. 죽을 걱정, 돈 걱정 안 하고 가족들이랑 행복하게 사는 거."

"그럼 어렸을 때도 그게 꿈이었어요?"

"어렸을 때는…… 나도 꿈이 많았지."

아저씨는 머뭇거리다 갑자기 빙그레 웃었다.

"뭐였는데요?"

"가수."

"아저씨 노래 잘해요?"

"당연하지! 내가 생기기도 좀 생겼지, 아마 내가 데뷔했으면 요즘 인기 있는 아이돌쯤 됐을 거다."

"켁! 아저씨, 제가 웬만하면 넘어가려고 했는데요, 방금 그 발언은 선 넘은 거예요."

"하! 이 녀석이? 내가 지금 우리 와이프를 어떻게 꼬셨는 줄 아니? 노래야, 노래."

"그걸 제가 어떻게 알아요?"

"아무튼, 어렸을 땐 나도 꿈이 많았지. 하하."

"그럼 아저씨는 다시 돌아와서 꿈을 이루고 싶지 않아요?"

"글쎄다, 이미 그런 꿈을 이루기엔 늦었지. 지금 나이도. 그리고 나한테는 또 새로운 꿈이 생겼으니까."

"뭔데요?"

"가족."

"또 그 소리예요? 모르긴 해도 아저씨 아내랑 아들은 참 좋겠네요. 그렇게 가족을 생각하는 남편이랑 아빠가 있어서."

"짜식, 그러는 넌 꿈이 뭐냐?"

"기억도 없는 놈이 무슨 꿈이 있겠어요?"

"흠, 그렇지. 그래도 잘 생각해 봐. 찬찬히 생각하다 보면 네가 누군지 기억날지도 모르잖니."

아저씨는 씁쓸한 미소를 짓다 입을 열었다.

"혹시…… 혜인이 말이다. 혜인이는 언제……. 아니다, 됐다."

아저씨는 질문을 그만두었다. 하지만 나는 아저씨가 무엇을 묻고 싶은지 안다. 아내가 언제 사망에 이르게 되는지 정확한 날짜를 알고 싶은 거다.

"2013년 11월 23일.

"……사유는?"

"교통사고요……. 그 이상으론 제가 가진 파일에도 안 적혀 있어요."

"그렇구나……. 고맙다."

그도 그럴 것이, 내 짐작으론 내가 가진 파일은 의뢰인인 아저씨에 대한 정보다. 아저씨의 아내인 이혜인 씨가 아저씨의 가족이더라도, 아저씨 자신은 아니니까.

"자, 이제 일어날까?"

아저씨의 제안에 나도 일어났다. 어느덧 하얀 가로등이 켜져 있었다. 그런데 이상하다. 가로등 불빛이 나에게 점점 가까워지는 것 같다. 아니, 강렬하고 맹렬하게 돌진해 온다.

금방이라도 눈이 멀 것 같았다. 나는 몸을 움직일 수 없었다.

강렬한 빛과 충돌하려는 찰나, 눈을 떴다.

빠앙-!

내 옆으로 무섭게 차들이 지나치고 있었다. 아마 날 향해 돌진해 온 것은 트럭 같은 게 아니었을까.

만약 트럭과 부딪혀 사고가 났다면 나는 분명 죽었을 거다.

하지만 조금 이상했다. 만약 내가 죽었다면 직원이 아니라 손님으로 하늘거래소에 갔어야 맞는 거였다. 그리고 손님들과 똑같이 창백한 얼굴을 하고 있어야 맞았다.

갑작스럽게 떠오른 이미지에 나는 몸을 떨었다. 아무래도 이건 중대 사항인 것 같다. 상윤과 정수에게 알려야 한다. 나는 거점 기지로 갔다. 이미 나를 기다리고 있던 상윤과 정수는 짐짓 심각한 표정으로 나를 반겼다. 나는 상윤과 정수에게 순간적으로 번뜩였던 나의 기억을 설명했다. 그 말에 갑자기 정수가 일어났다.

"왜 그래?"

"우리, 이거 그만두자."

"왜? 야, 무슨 일 있어?"

나는 정수의 옷깃을 잡았다. 그렇게 옷깃을 잡은 채로 상윤을 보았다. 상윤은 정수의 반응을 예상한 것 같았다. 내가 없는 사이에 둘이 뭔가를 공유한 듯싶었다.

"우식이 너는 교통사고 난 거지?"

"진짜 사고가 난 건지는…… 알 수 없지."

하지만 나도 거의 90퍼센트는 사고가 난 것이라고 확신하고 있었다.

"우식이 넌……, 교통사고지. 하지만 난 아냐."

"뭐가? 뭐라도 알아낸 거야?"

"내가 본 나의 모습은……, 화장실에서 쓰러져 있는 모습이었어. 이런 상태로."

정수는 오른쪽 손의 손가락을 중지와 검지만 남기고 쥐었다. 그리고 중지와 검지로 왼쪽의 자기 손목에 긋는 시늉을 해보였다.

"우리가 말이야……, 기억을 되찾는 게 무슨 의미가 있을까……? 난 말이지, 더 이상 궁금하지 않아. 내가."

정수는 거점 기지를 나갔다. 항상 밝기만 했던 녀석이었다. 작당을 모의하는 거 같다고 흥분했던 녀석의 모습이 떠올랐다. 우리의 끝은 부정, 아니면 죽음으로 예정되어 있었던 것일까? 우리의 다음 회동 날짜는 정해지지 못하고 끝이 났다.

아저씨는 한 달쯤 쉬는 듯하더니 다행히 재취업에 성공했다.

그전에 다니던 회사보다 규모가 훨씬 작고 일도 많았다. 직원은 열 명도 안 되어 보였다. 비좁은 사무실에 겨우 아저씨 자리 하나를 놓을 수 있었다. 하지만 아저씨는 그런 걸 가릴 때가 아니었다. 처자식을 먹여 살리기 위해서 말이다. 잘은 모르지만, 아무리 십수 년 전이라 해도 2009년이라면 맞벌이쯤은 전혀 이상하지 않은 세상이다.

그렇지만 아내가 일하겠다는 것을 아저씨가 필사적으로 막으려 했던 것은 아내에게 다가올 미래를 막고 싶었던 게 아닐까.

'구더기 무서워서 장 못 담근다.'라는 말도 생각났지만 그게 아저씨가 할 수 있는 최선인 것 같았다.

8
20100820 _어떤 결심

이상하다.

자꾸만 거슬러 올라간다.

아빠가 돌아왔다. 나를 버리고 간 지 6~7년 만에.

아빠가 돌아온 날은 정확히 3월 2일 중학교 입학식 열흘 전이었다.

아빠는 함께 살자고 했다.

그런데 하나도 반갑지 않았다. 아니, 오히려 원망스러웠다. 이제 와서?

나는 아빠가 정말로 필요했었다. 든든한 우리 아빠. 하지만 내게 아빠가 필요했던 시간에 아빠는 나의 손을 뿌리쳤다.

나는 속으로 비웃었다. 그리고 다짐했다. 아빠가 나를 버리고 간 그 시간만큼 똑같이 힘들게 해줄 거라고. 내가 힘들었던 것만큼 아빠에게도 똑같이 고통스럽게 해줄 거라고.

그 가운데, 불편하고도 이해할 수 없는 기억이 하나 있다. 중학교 2학년 때의 기억이다. 분명 먼저 시비를 걸었던 건 녀석들 쪽이었다. 나는 그에 대해 정당방위로 대응했을 뿐이다. 그런데 학교폭력위원회에서 나는 피해 학생이 아니라 가해 관련 학생이 되어 있었다.

나는 담임에게 따졌다. 그러나 담임은 녀석들의 부모가 먼저 학교폭력으로 신고했기 때문에 어쩔 수 없다고만 했다. 심지어 나는 상대 부모들의 요청으로 일주일 동안 분리 조치를 받아야만 했고, 그동안 등교도 할 수 없었다. 학교에 가지 않게 된 건 아무래도 좋았다. 하지만 억울했다. 녀석들도 나에게 똑같이 덤벼들었고 녀석들이 날린 주먹에 아직도 오른쪽 볼이 얼얼했기 때문이다.

그동안 학교에서 연락이 왔다. 피해 관련 측에서 학교폭력 신고 접수를 교육청 심의에 넘기지 않는 조건으로 내 보호자가 직접 와서 녀석들과 녀석들의 부모에게 사과하라는 것이었다. 아빠는 그러겠다고, 감사하다고까지 했다.

나는 분노했다. 아빠의 휴대전화를 뺏어 던져버렸다.

"자존심도 없어? 자존심도 없냐고! 감사하다는 말이 나오냐고요?"

"……어쩌겠냐. 이게 최선인데. 교육청으로 넘어가면 학생부 기록에 남을 수도 있다더라. 그러니 이렇게 마무리 지을 수 있는 게 차라리 감사한 일이지.”

“씨이발, 왜? 어째서 내가 사과해야 하는데? 시비를 건 쪽은 그놈들인데! 나는 인정 못 하니까 당장 다시 전화해. 전화하라고!”

여기서 인정하면 지는 거였다. 나는 녀석들에게 절대 굴복하지 않으리라.

나는 악에 받쳐 감정을 모두 쏟아내고 집을 나와버렸다. 그리고 며칠간 할머니 댁에서 머물렀다.

며칠 후 학교에 가 녀석들에게, 그리고 담임에게 본때를 보여줄 작정으로 다시 학교에 갔을 때는 상황이 모두 정리되어 있었다. 그 사실을 담임을 통해 알게 되었다.

“몰랐구나? 아버님께서 오셨었어. 그리고 사과하셨어. 나는 당연히 네가 아는 줄 알았는데…….”

아빠는 결국 그들에게 머리를 조아린 거다. 이건 곧 내가 녀석들에게 머리를 조아린 셈이다. 정말로 자존심도 없나 보다. 그리고 내 말은 하나도 듣지 않았다. 내가 이렇게 억울한데, 내가 이렇게 화가 나는데! 왜, 왜 내 말은 듣지 않는 거야?

나는 고개를 흔들었다.

이상하다. 나는 아무런 매개체를 찾지 못했다. 그런데 갑자기 떠오른 이 기억들은 뭘까. 아무래도 상윤을 만나봐야 할 것 같았다. 상윤이라면 전에 말한 '트리거'처럼 그럴듯한 용어로 지금 이 상황을 설명해 낼 수 있을 거 같았다.

"그런데 웃긴 건, 이상하게 아빠의 얼굴이 기억이 안 나. 뭔가에 가려진 것처럼. 너무 증오했기 때문에 일부러 뇌에서 지운 걸까."

"……."

상윤은 아까부터 계속 침묵하고 있었다.

"왜 그래? 왜 아무 말이 없어?"

"아무 말도 해줄 수 없으니까."

"어째서?"

"네가 지금 설명한 상황은 우리가 지금까지 쌓아온 가설에 반하는 거니까. 설명할 방법이 없는 거지. 네 상황을 설명하려면 지금까지 쌓아온 가설들을 전부 폐기하고 새롭게 다시 설명할 방법을 찾아야 해."

"그냥…… 예외 같은 것일 수도 있잖아. 뭘 그렇게 심각하게 생각하는 거야?"

"글쎄……. 난 그 정도의 일이 아니라고 보니까."

우리는 한참 말이 없었다. 어쩌면 상윤과 대화할 수 있는 기회도 얼마 남지 않은 듯싶었다.

"넌? 혹시 너도 비슷한 기억을 찾았어? 나처럼 교통사고나, 정수처럼 자살 같은 거 말이야…….”

내 질문에 상윤은 나를 뚫어지게 바라보았다.

"나도 봤어."

거침없이 자기 생각을 말하던 상윤답지 않았다. 상윤은 뜸을 들였다.

"병실에 누워 있더라. 혼자. 머리도 지금 이 상태가 아냐."

우리 중 그 누구도 끝이 좋지 못한 것 같다. 기억을 헤집는 건 여기서 그만둬야 할까.

"넌…… 계속 기억을 찾을 거야? 혹시 우리의 끝이 안 좋다고 해도?"

"난 계속 찾을 생각이야."

"왜?"

"그게 나니까. 그리고 그게 나의 끝인지 확인해 볼 거야."

나는 거점 기지를 나왔다.

아주 살짝은 기대했다. 내가 상상한 것보다 내가 더 괜찮은 사람일지도 모른다고. 하지만 그런 기대는 기억 조각의 퍼즐이 하나둘씩 맞춰질 때마다 무참히 깨져버리고 말았다. 조금 서글퍼졌다. 이런 나라도, 이게 나니까, 받아들이고 계속 찾아 나서야 할까? 나는 정수처럼 여기서 그만둘지, 상윤처럼 더 나아갈 것인지 아직 고민하고 있다.

아저씨는 조금 들떠 있었다. 오랜만에 휴가다운 휴가를 얻었기 때문이다. 아저씨는 바다에 갈 거라고 했다. 아저씨는 콧노래를 흥얼거리며 현관문을 열었다. 낮 12시였다. 그러나 아저씨가 들어온 집은 고요했다. 아무도 없는 것 같았다. 아저씨는 방 구석구석을 돌아다니며 아내에게 전화를 걸었다.

"여보세요?"

"여보, 나 집인데 어디야?"

"집이라고? 오늘 왜 이렇게 일찍 퇴근했어?"

"나 오늘부터 휴가받았어. 일주일! 그건 그렇고, 어디냐니까? 장보러 간 거야? 데리러 갈게."

들떠 있는 아저씨와 달리 휴대전화 속 아내의 목소리는 조금 당황스러운 듯 보였다. 내가 들어도 참으로 찜찜한 느낌이었다.

"아, 음……. 아냐. 지금 갈게."

"뭐지?"

40분쯤 지났을까. 아저씨의 아내가 아이 손을 잡고 들어왔다.

"어디 갔다 오는 거야?"

아이의 어깨에는 못 보던 노란색 가방이 메여 있었다.

아내는 어쩔 수 없다는 듯 털어놓았다. 일하러 다닌 지가 6개월쯤 됐고, 하루 네다섯 시간씩 조그마한 사무실에서 잡무를 봐준다는 것이었다. 그리고 그 시간 동안 아들은 어린이집에 보냈다.

"내가 그러지 말라고 했잖아!"

"여보, 집에서 아이만 보는 것보다 차라리 난 이게 더 좋아. 조금이지만 살림에도 보탤 수 있고, 나도 일하는 재미도 느끼고 말이야."

"안 돼. 내일부터 나가지 마."

"싫어."

아내는 분명하고 단호했다.

내가 약 4년간 아저씨를 지켜본 바로는 한 가지 나쁜 버릇이 있었다.

자신에게 불리하거나 불편한 상황이 되면 밖으로 나가는 것이다. 그런 상황을 못 견디고, 피하고 싶어 하는 것 같았다.

아내에게 자신의 의견을 관철하지 못한 아저씨는 끝내 현관문을 열고 밖으로 나갔다.

"여보!"

나는 아저씨를 따라갔다. 더 이상 못 참겠다! 웬만하면 잘 나서지 않지만 오늘만큼은 한마디 하고 싶었다. 내가 미친놈이지, 어디서 그런 용기가 났는지 모르겠다.

"아저씨, 또 자리를 피하시네요!"

"또?"

'또'라는 말이 거슬렸는지 아저씨는 발걸음을 멈추었다.

"아저씨는 항상 그랬거든요. 꼭 불리하거나 할 말 없으면 밖으로 나가는 거요."

"내가?"

아저씨는 뒤돌아 성큼성큼 걸어 내 앞에 섰다.

"네가 나에 대해 뭘 안다고?"

아저씨는 처음으로 무서운 표정을 지어 보였다. 하지만 난 지지 않고 대답했다.

"이럴 때 보면 아저씨는요, 겁나 회피형 인간 같아요. 보기에는 사람 좋아 보이는 것처럼 하지만 갈등을 싫어하고, 해결하려고 하지도 않아요. 결국 본인이 상처받기 싫어서 피하는 거죠, 겁쟁이처럼. 그럼 기다리는 상대방은 얼마나 답답한지 알아요? 제가 제일 싫어하는 인간 부류가 뭔지 아세요? 바로 그런 회피형 인간이에요!"

나도 모르게 그런 말이 튀어나왔다.

나도 내가 한 말에 놀랐다. 내가 도대체 뭘 안다고?

그런데 가슴에 울분이 차올랐다. 이유도 없이. 나도 지금 느끼는 이 감정이 어디서부터 비롯되었는지 제대로 설명할 수 없었다.

그리고 '결심'이 섰다. 끝까지 가보자고. 죽으나 사나, 나는 내가 누군지 알고 가야겠다고.

갑자기 주변이 뿌옇게 흐려졌다. 곧 눈물이 나올 것만 같았다. 하지만 꼴사납게 의뢰인 앞에서 눈물을 떨어뜨리는 짓은 하고 싶지 않아서 일부러 끝까지 눈에 힘을 주고 노려보았다.

"기억도 없는 녀석이 무슨……."

이건 아저씨 말이 맞다. 기억도 없는 놈이 어떤 인간을 싫어하고 어떤 인간은 좋아하는지, 그런 취향이 존재할 수나 있단 말인가.

그래도 아저씨는 내 말에 주춤했는지 몇 걸음 앞에 있는 벤치 앞에 털썩 주저앉았다.

"그래, 네 말이 맞을지도 모르지. 아니, 네가 보는 게 정확할지도 몰라."

아저씨가 인정하니까 괜스레 마음 한쪽이 콕콕 쑤셨다.

"미안하다. 네 잘못이 아닌데, 너에게 큰소리쳤어. 어른답지 못했구나."

아저씨는 자기 머리를 감싸 안았다. 그러곤 그렇게 한참을 앉아 있었다.

그런 아저씨를 두고 가버리면 앞으로 더 찝찝할 것 같았다. 겨우 아저씨와 화해했는데 다시 멀어지다니. 나는 아저씨와 불편한 관계가 되고 싶지 않았다.

나는 누군가를 위로하는 데 상당히 서투른 인간이었나 보다. 이런 상황에서 아저씨에게 어떤 말을 건네야 할지 한참을 고민했다. 하씨, 뭐라고 하지?

"아저씨……."

"……."

"게임 한판 땡기실래요?"

한참 고민한 끝에 던진 말이 겨우 게임이라니……. 미친. 자괴감이 든다.

내 말에 아저씨는 웃음이 빵 터졌다.

"하하! 대한민국 고딩다운 제안이구나."

"그게 스트레스 푸는 데 얼마나 좋은 방법인지 아세요?"

아저씨의 반응에 투덜거렸다.

"네가 하고 싶어서 그런 건 아니고? 그래, 가보자!"

아저씨와 나는 근처 PC방을 찾았다. 나는 능숙하게 컴퓨터를 틀었다. 모르긴 해도, 과거의 나는 게임 좀 했던 놈인가 보다.

"그런데 무슨 게임을 하지?"

"스트레스 푸는 데 또 이만한 게임이 없거든요."

나는 컴퓨터 화면 속 아이콘을 눌렀다.

"뭔가 했더니 겨우 총 쏘는 게임이냐?"

아저씨는 의심스러운 눈초리로 나를 쳐다보았다. 참 나.

"아저씨, 해보면 알 거라고요. 한 번도 안 해봤죠?"

"하여간 요즘 애들은 문제야, 문제!"

아저씨는 투덜거리면서도 화면에서 좀처럼 눈을 돌릴 줄 몰랐다. 아저씨의 눈은 내 마우스 커서를 계속 따라다녔다.

"아저씨, 제가 미리 가르쳐드리니 고마운 줄 아세요. 같이 게임을 해주는 아빠가 있으면 아들이 얼마나 좋아하겠어요?"

"흠, 흠!"

이럴 줄 알았지. 아저씨는 곧 완전히 게임에 몰입했다. 나보다 더.

"아, 아저씨! 9시 방향으로 가야죠!"

"얌마, 갑자기 적이 튀어나오는데 어떻게 움직이니?"

"제가 다 보고 있잖아요!"

"내가 널 어떻게 믿냐?"

신난 아저씨의 모습에 내 마음도 한결 가벼워졌다. 제대로 된 위로가 된 건가?

"아까 말이다……, 미안했다. 너한테 '기억도 없는 녀석'이라고 해서 말이다."

"사실인걸요."

"그렇다고 해도 내가 그렇게 말하면 안 됐어. 미안하구나."

"괜찮아요. 저는 이미 다 잊었어요."

"고맙다."

더 열심히 계속 키보드를 두들겼다. 그건 아저씨도 마찬가지였다.

"아저씨, 이렇게 된 김에 한 번 더 오지랖 부려도 돼요?"

"뭐가?"

"이번엔 그냥 아내분을 믿어주시는 게 어때요?"

아저씨는 두드렸던 키보드를 멈췄다. 아저씨가 멈추는 바람에 아저씨 캐릭터는 기습당했다. 그리고 내 캐릭터도 오래가진 못했다.

잠시 후 빨간 글씨로 'Game Over'라는 글자가 화면에 떴다.

"꼭 그러란 건 아녜요. 그냥……."

아저씨가 내 말을 부정해도 이해한다. 아저씨는 앞으로 다가올 일이 두려울 거다.

"네 말이 맞을지도 모르지. 내가 아무리 기를 써봤자 달라지는 건 없을 거야, 그렇지? 이번엔 그냥 믿어주는 게 좋을지도."

나와 아저씨는 PC방을 나왔다. 두 시간쯤 지난 것 같았다.

"어때요? 정말 스트레스 풀리죠?"

나는 으쓱하며 말했다.

"크흠! 뭐 그건 인정해 주마. 고맙다."

"저도 감사해요. 덕분에 오랜만에 게임도 하고요. 뭔가 아빠랑 게임하는 느낌이 들었어요."

"아빠라니! 아직 내 나이로는 네 삼촌뻘이야."

"그거나 그거나요."

나는 아저씨의 나이 부심에 피식 웃음이 났다. 내 웃음에 아저씨도 미소 지었다.

"이제 들어가 봐야겠다. 마저 매듭지어야지."

나는 아저씨와 함께 걸었다. 아저씨가 사는 빌라에 거의 다다랐을 무렵, 하얗고 말랑한 볼살을 가진 꼬맹이 하나가 빌라 앞에 앉아 있는 모습이 보였다.

"으잉? 우연아! 왜 나와 있어?"

우연이? 아저씨 아들 이름이 우연이였군.

"아빠!"

꼬맹이는 아저씨를 보자마자 재빨리 달려와 아저씨의 넓은 품에 안겼다.

"우연아, 이렇게 혼자 나와 있으면 위험해!"

아저씨는 꼬맹이를 안아 올리며 부드럽게 타일렀다. 솔직히 내가 봐도 가로등도 없고 깜깜하고 으스스한 분위기, 그리고 여기저기 갈라진 콘크리트 사이로 금방이라도 뭔가 튀어나올 것 같은 게, 정말로 꼬맹이가 혼자 나와 있어도 될 동네는 아닌 것 같긴 했다.

"근데 이 형은 누구야?"

꼬맹이는 나를 가리키며 물었다.

"아, 아빠가 아는 형이야."

"이 녀석은 내 아들이야. 알고 있겠지만 말이다."

"아, 안녕."

나는 어색하게 손을 들었다. 꼬맹이와 대화하는 건 처음이다.

"안녕, 형아! 나는 우연이야!"

"나, 나는 우식이."

"하하, 이제 들어가자."

"저, 저는 이만 가볼게요."

나는 인사를 했다. 내가 사라져야 이 어색한 상황이 종료될 것 같았다. 아저씨는 꼬맹이의 손을 잡고 계단을 올랐다. 아저씨가 계단을 한 칸 한 칸 올라갈 때마다 전등이 켜졌다 꺼졌다 했다.

집에 들어간 아저씨는 아내의 말에 수긍할 수밖에 없었다. 대신 일하러 다니는 동안 조심하고 또 조심하겠다는 아내의 약속을 받아냈다. 아내는 뭘 조심해야 할지 몰랐지만, 일단 알겠다고 대답했다.

9
20131107 _단월로 공원

그때 그렇게 정수가 가버린 뒤로, 지금까지 거점 기지에서 정수를 만날 수가 없었다. 정수 녀석이 걱정되지만 어떻게 할 도리가 없었다.

상윤과의 만남은 끊어질 듯하면서도 조심스레 이어져 오고 있었고, 우린 어느 한쪽이 포기하기 전까진 계속 교류하기로 했다.

나와 아저씨의 거래도 다시 시작되었다. 말을 꺼내지도 않았는데 아저씨는 선뜻 도와주겠다고 먼저 알려왔다. 하지만 기억을 찾는 패턴이 규칙적이지 않아서 어떻게 도와달라고 해야 할지 감이 잡히지 않았다. 꽤 오랫동안 어떤 단서나 기억도 찾지 못하고 있는 와중에 아저씨가 한 가지 제안을 했다.

"네 기억이 모두 '학교'와 관련 있는 것 같은데, 학교를 찾아보는 건 어떠냐?"

"하지만 찐빵 가게처럼 모든 학교를 다 돌 수는 없잖아요?"

"단월로 공원. 거기를 아직 가보지 않았잖니. 그 근처에 있는 학교는 몇 개 안 돼. 우리 어머니가 그 근처에 살고 계셔서 내가 아주 잘 알지."

생각해 보니 아저씨 말이 맞았다. 그곳에 가면 뭔가 실마리를 더 얻을 수 있지 않을까.

"우리 어머니 동네에 사는 꼬맹이였다니, 오다가다 우리가 마주쳤을 수도 있었겠구나. 그렇지?"

아저씨가 사는 동네의 근처는 아니지만, 어느 정도 연결고리가 있는 것 같아서 조금 신기하긴 했다. 정말로 오다가다 마주쳤을지도 모르고. 그래서 우리가 동행자와 의뢰인으로 만난 걸까.

나는 아저씨에게 우리 아빠 이야기를 했다.

"아저씬 이해할 수 있어요? 우리 아빠를요."

"글쎄다······."

"어떤 힘든 일이 있어도 옆에 있어줘야 하는 거 아닌가요? 그게 가족이잖아요. 그것뿐만이 아니죠, 돌아와서도 자기 맘대로 하는 그런 인간이었어요."

"나도 잘 모르지만 말이다, 나는 네 아버지가 그렇게까지 그렇게까지 나쁜 분이라고 생각되지 않아. 분명 어떤 이유가 있으셨을 거야."

 나는 고개를 저었다. 그 어떤 이유로도 정당화될 수 없다.

 "어쩌면 네가 아버지를 오해한 걸 수도 있잖니. 기억을 찾다 보면 그것도 알게 되겠지. 그 전까지는 너무 상처받지 말아라."

 상처라니, 나는 코웃음을 쳤다.

 "제가요? 그럴 리 절대 없으니 걱정 마세요."

 '단월로 13'이라고 쓰인 파란색 표지판이 보였다. 어느새 근처까지 온 것이다. 아저씨와 나는 계단을 올랐다. 계단 턱은 높고 가팔랐다.

 "여기구나."

 기억 속에 잠들어 있던, 단월로 공원이라고 적힌 팻말과 지금 내 눈앞에 보이는 팻말이 겹쳐 보였다. 어떤 것은 기억과 똑같고 어떤 것은 조금 달라져 있었다. 나는 성큼성큼 걸어가 그네에 앉아보았다. 그러고는 똑같이 놀이터 너머의 동네 풍경을 바라보았다. 아저씨도 옆에 있는 그네에 걸터앉았다.

 대충 나를 받아주는 고등학교로 진학했다.

 공부라고는 1도 관심 없는 내가 고등학교에 적응하는 건 있을 수 없는 일이었다. 그리고 내게는 아무도, 그 무엇도 기대하는 것이 없었다. 나는 학교에 가서는 내내 잠만 잤다. 나도 참 많이 죽었다. 중학교 다닐 때만 해도 항상 뭔가에 끓어올랐는데, 지금은 별 감정이

들지 않았다. 모든 것이 귀찮고 그저 다 놓아버리고, 자유로워지고 싶었다.

그러다 어느 날 문득 갑자기 한 가지 생각이 떠올랐다.

자퇴.

자퇴를 하자.

자퇴하면 그다음은? 잘 모른다. 그다음 따윈 없다. 하지만 이 답답한 생활보다는 훨씬 나을 것 같았다. 나는 휴대전화를 꺼내 '고등학교 자퇴 절차'를 검색했다.

젠장. 역시나 부모의 동의가 필요했다. 싫든 좋든 나의 법적 보호자인 그 사람이 절대로 자퇴를 허락해 줄 리 없었다.

할머니에게 말해볼까? 할머니도 내 보호자 아닌가? 그 사람보다는 할머니를 설득하는 게 더 쉬울 거 같았다. 아니, 차라리 전처럼 그냥 나를 할머니한테 보내버리지, 그 사람은 무슨 이유로 나를 데리고 있으려는 건지 알 수 없었다.

집으로 들어왔다. 된장 냄새가 집에 가득했다. 식탁에는 작은 뚝배기에 담긴 된장찌개와 쌀밥, 달걀부침과 김치가 있었다. 나는 그대로 방으로 들어갔다. 지금까지 나는 단 한 번도 그 사람이 차린 식사를 먹은 적이 없었다. 그런데 그 사람은 아직도 쉬지 않고 매번 저녁을 차려놓고 나갔다. 어차피 허튼짓이다.

나는 옷만 갈아입고 다시 나갔다.

"여!"

찬종이다. 녀석이 나를 기다리고 있었다. 예나 지금이나 단월로 공원은 변함이 없다.

"왔냐."

"뭐 하느라 늦게 나오냐. 빨리 가자."

나는 찬종이에게 자퇴 이야기를 꺼냈다. 찬종이는 키보드를 거칠게 두드리며 대답했다.

"자퇴 그거, 네가 하고 싶다고 그냥 해주는 거 아냐."

"알아, 새꺄. 나도 다 알아봤다."

"악! 야, 끝났잖아. 서포트를 어떻게 하는 거냐!"

'Game Over' 글자가 화면을 가득 채웠다. 짜식, 다시 하면 되지 승질은. 우리는 늘 그렇듯이 서로 탓하며 투덕거렸다.

"그래서, 계획은 있고?"

찬종이는 다시 물었다.

"몰라."

"설마, 너희 아빠한테 무작정 자퇴서에 동의하라고 들이댈 건 아니겠지?"

"아니거든."

살짝 찔렸다.

"맞나 본데? 빌드 업을 해야지, 빌드 업."

"빌드 업?"

"그래. 어떻게 하는지 알려줄까? 상황을 만드는 거야. 누군가는 포기하도록. 너희 아빠든, 학교든. 도와줄 수도 있어. 거기에 꽤 빠삭한 형들을 내가 알고 있거든."

찬종이의 말은 솔깃했다. 원하기만 하면 나의 바람을 실현해 줄 조력자를 만날 수도 있다. 하지만 아직은 그렇게까지 본격적으로 자퇴를 생각한 건 아니었다. 내 마음을 읽기라도 했는지, 찬종이는 당장은 급한 거 없으니 생각해 보고 알려달라고 했다.

PC방을 나왔다. 아까 PC방에서 먹은 라면 때문인지 배가 더부룩했다. 정처 없이 되는 대로 걸었다.

정신 차리고 보니 어느새 모르는 동네까지 온 것 같았다. 처음 보는 낯선 동네였다. 큰 상가 건물들이 줄지어 서 있었고, 저녁 10시쯤이었는데도 이상하게 밝고 환했으며 사람들이 바글거렸다. 큰 사거리를 몇 번 건넜을 뿐인데, 신기했다.

상가 건물들에는 공통점이 있었다. 일단 1층 가게들은 각종 먹거리를 팔았다. 떡볶이, 만두, 도넛, 치킨 등 종류도 제각각이었다. 2층과 3층에는 주로 병원이 있었고, 그 위층부터는 학원들로 이루어져 있었다. 도로에는 비상등을 켜고 깜박거리며 정지된 차들로 붐볐다. 차에서 내린 아저씨 혹은 아줌마들은 한참을 서 있다가 기쁜 듯이 종종걸음으로 달려 나갔다. 자식을 기다리고 있는 것 같았다. 서로 얼굴이 비슷했으니까. 그들은 가방을 대신 메주고, 팔짱을 끼고 차 앞까지 데리고 가, 차 문까지 열어주었다. 그리고 분주하게 운전석에 타고는 복잡한 도로를 거침없이 벗어났다. 딴 세상에 온 것 같았다. 전혀 내가 알던 세상이 아니다.

왠지 모르게 마음속 어딘가에서 뭔가 치밀어 올랐다. 무엇이 치밀어 오르는지 잘 모르겠다. 그냥 짜증, 짜증 같은 게 났다. 저들의 모습이 꼴보기 싫다. 같잖다. 너희들의 행복도 그리 오래가지 않을 거다. 나는 뒤를 돌았다.

집으로 돌아오니 시계는 거의 자정을 넘어가고 있었다. 거실에 들어서니, 우두커니 앉아 있는 그 사람이 보였다. 그 사람은 나를 발견하곤 일어났다. 나를 기다린 척, 어쩔 줄 몰라 하는 척. 왜 이렇게 저 모습이 오늘따라 더 짜증이 나는지 모르겠다. 나는 곧장 방으로 들어갔다.

내 방의 문은 마치 넘지 못할 선과 같았다. 저 사람은 절대 내 방에 들어오는 일이 없었다. 하지만 아직도 나를 포기하지 않은 모양이다. 이상했다. 어렸을 때 저 사람은 나를 포기하고 할머니에게 맡겨버렸다. 그런데 갑자기 자기 마음대로 돌아와서는 같이 살겠단다. 그리고 아직도 저렇게 서 있다. 정말 가식적이다.

갑자기 아까 상가 건물들 사이에서 본 사람들의 모습이 떠올랐다. 이제 와서 뭘 어떻게 해? 나는 결코 그렇게 될 수 없다. 그건 다 저 사람 때문이다. 옛날 생각을 하니 갑자기 불꽃이 파르르 튀었다. 잠시 잊고 있던 분노가 일었다. 아직 저 사람은 상처가 덜 났다. 난 아직도 이렇게 답답한데.

이럴 바엔 조그만 가능성도 뿌리째 뽑아버리자. 그 사람에게 일말의 희망을 남기지 말자. 이미 늦었다고, 후회하게 만들자.

그래, 자퇴하자. 나는 찬종이 녀석에게 전화를 걸었다.

눈을 떴다.

10
20131114 _비껴간 운명

세상은 노랗고 빨갰다. 또 파랬다.

행인들을 보니 문득 계절감에 맞지 않게 입은 내 모습이 어색하게 느껴졌다. 갈색, 네이비색 트렌치코트로 한껏 멋을 낸 사람들과 달리 나는 까만 면바지에 하늘색 셔츠만 달랑 입고 있었다. 하지만 배고픔을 느끼지 못하듯 나는 추위조차도 느끼지 못했다.

"저, 사장님."

"응, 무슨 일인가?"

"저번에 말씀드렸듯이……, 일주일 뒤쯤에 휴가를 좀 내고 싶은데요."

"아, 그랬지 참. 알겠네."

"감사합니다."

"그런데 무슨 중요한 일이라도 있나 보지? 여름에 휴가를 쓰지 않고 지금 쓰니 말이야."

"하하, 예. 사정이 좀 있어서요."

"그래. 우리 박 과장 부탁은 들어줘야지. 박 과장 덕분에 중국 시장까지 진출할 수 있게 되었는데 말이야."

아저씨는 지금 회사에서 꽤 인정받고 있는 듯했다. 그도 그럴 것이, 직원이 열 명도 채 되지 않던 회사는 제법 커져서 이제는 직원이 50명은 넘어 보였고, 교통이 좋은 곳으로 이사도 할 수 있게 되었다.

아저씨는 첫 번째로 입사했던 식품 회사에서 다진 능력으로 지금 회사를 키워내는 데 앞장섰다. 아저씨가 기획한 분식 시리즈인 '한미(韓味) 떡볶이'는 뜻밖에도 중국 시장에서 큰 호응을 얻었다. 뉴스에서는 조그만 중소기업에서 이뤄낸 기적이라고들 평가했다. 덕분에 지금 회사에서 아저씨의 직함은 '박 과장'이었다.

아저씨는 아내와 우연이를 태우고 늦가을 바다를 보러 동해로 떠났다. 젊은 부부는 아침부터 분주하게 움직였다.

"여보, 빨리 나와."

아저씨는 1층에서 큰 소리로 불렀다.

"알겠어."

"뭘 하느라고 이제 나와?"

"오랜만에 집 비우잖아. 문단속하고 왔지."

아저씨의 아내는 조수석에 앉아 벨트를 매며 말했다.

"이런 곳에 누가 도둑이 든다고 그래. 돈 될 것도 없는데."

"그래도. 저기 101동 201호 있잖아."

"그 혼자 사는 아저씨 말이야?"

"응. 며칠 전에 그 집에 도둑이 들었다는 거야. 그 말을 들었는데 어떡해, 찜찜한걸."

"그래서 뭐 없어진 게 있대? 201호 아저씨."

"음, 잘 모르겠는걸."

"그거 봐. 별것 없으니까 잘 모르지. 아무튼 빨리 출발하자."

월요일이어서 그런지 왕복 4차선 도로에 차가 거의 없었다. 자동차 라디오를 통해 노래가 흘러나왔다. 이건 나도 아는 노래였다. 어떤 아이돌이 음악 경연 프로그램에 나와 잘 소화해서 한동안 차트에 올랐던 곡이었는데 원곡을 듣는 건 이번이 처음이었다. 솔직히 음질은 구렸지만 어른들이 말하는 '아날로그의 낭만'이란 게 뭔지 어렴풋이 알 것도 같았다.

동해 바닷가에 도착한 아저씨 가족은 추억 쌓기에 돌입했다. 날씨가 흐려서인지 늦가을 바다는 참으로 싸늘해 보였다. 왜인지 모르겠지만 싸늘한 늦가을 바다는 아저씨 가족과 잘 어울렸다.

바다 여행 첫날과 둘째 날, 아저씨는 가족들을 데리고 진이 빠질 만큼 여기저기 돌아다녔다.

그리고 셋째 날, 아저씨는 오늘 하루는 여유롭게 숙소 근처에서 시간을 보내자고 제안했다. 아저씨의 아내도 당연히 그러자고 했다.

셋째 날인 오늘은 11월 23일이었다.

아저씨는 혹시나 사고가 날 만한 일들은 절대 하지 않았다. 이를테면 도로 근처에는 절대 나가지 않았고, 전부 걸어서 다녔다.

우연이가 바다가 보고 싶다고 졸랐지만, 아저씨는 그 부탁도 들어주지 않았다. 높은 전망대도, 대관람차도 타지 않았다. 너무 사람이 붐비는 곳도, 그렇다고 너무 인적이 드문 곳도 피했다.

아저씨의 얼굴에는 하루 종일 긴장한 티가 어려 있었고, 마치 이 순간이 끝나길 간절히 바라는 것처럼 보였다.

나는 안다. 아저씨가 운명이 비껴가기를 바라고 있다는 걸. 그리고 나 역시도 그걸 바라고 있었다.

11월 말이라 그런지, 오후 5시만 되어도 해는 자취를 감추고 깜깜해졌다. 아저씨는 가족들을 데리고 곧장 숙소로 들어왔다.

"여, 여보! 빨리 들어와 봐! 여기 우리 동네 아니야?"

"뭐라고?"

아내의 부름에 아저씨는 수건으로 머리를 털며 화장실에서 나왔다. 아내가 가리킨 텔레비전 화면에 아주 익숙한 거리 장면이 보였다. 저 장소는 나에게도 익숙한 곳이었다. 나와 아저씨가 자주 만나는 편의점과도 그리 멀지 않은 곳이다.

"저기 봐봐. 맞지? 저기 우리 동네 사거리잖아."

"그러게, 맞네."

"저기 사거리에서 오늘 사고가 났다나 봐. 차가 돌진하는 바람에 횡단보도에서 기다리고 있던 여자분이 사망했대. 지금 뺑소니 차량이 도주 중인가 봐. 이게 무슨 일이야, 정말. 저긴 차도 원래 많이 안 다니는 길인데……."

아저씨는 마른침을 삼켰다.

아저씨, 아니 아저씨뿐만 아니라 나 역시 직감적으로 알았다. 누군가의 운명이 뒤바뀌었음을.

원래 저 사고는 아저씨의 아내가 당했을 사고였다.

"11월 23일……."

식은땀이 흘렀다.

갑자기 머릿속이 '삐' 하고 울렸다. 뉴스 속 사망자와 내 모습이 갑자기 겹쳐 보였다. 어지러이 널브러져 있는 나는 뭔가를 한참 뚫어져라 바라보다 눈을 감았다.

아무래도 지금껏 의심하고 의심했던, 이게 정말로 나의 마지막인 듯싶었다.

이틀 뒤쯤 아저씨와 가족들은 집으로 다시 돌아왔고, 이틀을 더 쉬고 다음 날 아저씨는 다시 출근했다.

나는 복잡한 마음으로 상윤을 만나러 갔다. 내 운명의 결말이 점점 확고해져 간다는 것과 더불어, 아저씨 아내의 운명은 빗나갔다는 것도 이야기했다. 두 번째 운명 이야기는 하지 말까 살짝 고민도 했지만 나도 의뢰인 가족에게 닥친 상황을 어떻게 받아들여야 할지 잘 몰라, 누구에게든 털어놓고 싶은 마음이었다.

초연하고 담담하게 받아들일 줄 알았던 상윤의 반응은 예상과는 조금 달랐다.

"'운명이 빗나갔다'라……."

"왜 그래?"

"너는 정말 운명이 빗나간 거라고 생각해?"

"그러면? 아저씨의 아내분은 아직도 살아 있는걸."

"생의 원칙과 생의 윤리."

상윤의 말에 사수가 내게 시간 동행자로서 지켜야 할 원칙과 의뢰인이 처음 과거로 돌아왔을 때 당부했던 말들이 떠올랐다.

"그것들이 우리가 움직이란 대로 움직일 수 있는 그런 성질의 것일까? 신이 점지하는 인간의 수명이란 게…… 그렇게 쉽게 바뀔 수 있는 걸까?"

맞다. 사수도 그렇게 말했다.

"그치만……. 바뀌었잖아, 지금."

"지금은 바뀌었지. 하지만 우린 필연을 쉽게 거스를 수 없어. 그렇지만 궁금하기도 해. 만약 그게 가능하다면, 네 운명도 내 운명도 바뀔 수 있는 거니까. 이쪽에 걸어보는 게 확실히 우리에겐 유리한 일이지."

그렇다. 정말로 가능하다면, 우리도 살 수 있지 않을까 하는 조그만 희망이 생기는 것이다. 그런데 그게 뭐? 내가 더 살아서 뭐 어쩌게? 이미 나는 엉망진창이 되었다. 엉망진창이 된 채로 뭘 어떻게 더 살아보겠다고?

나는 상윤에게 물었다.

"만약에 너는, 선택할 수 있다면 엉망진창이 된 인생이라도 다시 살아볼 거야?"

"내가 너랑 정수와 다른 점이 뭔지 알아?"

나는 아무 말도 하지 못하고 상윤만을 바라보았다.

"나는 죽을 날을 받아놓고 기다리고 있었어. 웃기게도 난 다시 살아보고 싶더라. 죽을 것 같았고, 너무 힘들어서 이제 죽고만 싶었는데, 막상 그날이 정해지니까 살고 싶어지더라."

상윤 말고도 누군가에게 내 모든 걸 털어놓고 싶은 충동이 일었다. 그냥, 언제 사라질지 모르는 이 시한부 인생에 나를 아는 누군가가 더 생기면 좋을 것 같았다. 그래서 아저씨에게 털어놓기로 했다.

처음부터 지금까지 찾은 나의 모든 기억을 다 듣고 난 아저씨의 표정은 이상했다. 눈썹은 올라갔는데 눈은 내려가 있다. 입은 금붕어처럼 뻐끔거렸다.

"위로는 필요 없어요."

뻐끔거리던 아저씨의 입은 제자리로 돌아왔다.

"그냥 얘기하고 싶었어요. 그뿐이에요."

아저씨는 나를 지그시 바라보았다. 잠시 후 입을 열었다.

"너무 소설 쓴 거 아니냐?"

"그렇지만 너무 뻔히 들여다보이는걸요."

"좀 더 기다려봐라. 기억 하나 또 찾으면 네 소설은 또 바뀌게 될 테니까. 나처럼 말이야."

나는 저 멀리 창밖을 응시했다. 하늘을 향해 쭈욱 뻗은 나무들이 금세 스쳐 지나갔다.

"네 말대로라면 너도 인생의 끝을 보았다는 거고, 하늘거래소에서 일하다가 다시 태어난다는 말이지?"

"뭐, 그렇지 않겠어요?"

"혹시 하고 싶거나 그런 건 없고? 만나고 싶은 사람이라든지 말이다."

"왜요? 뭐, 들어주시게요?"

"내가 정말 고마워서 그래. 정말 정말 고마워서……. 내가 할 수 있는 게 있다면 뭐든 도와주고 싶어."

"괜찮아요. 그나저나, 아저씨, 목적지가 어디랬죠?"

"운주."

 나는 아저씨를 따라 여행하러 온 기분이었다. 물론 진짜 여행은 아니지만. 아저씨는 휴가에서 복귀하자마자 사장님의 요청에 따라 2박 3일 출장을 가게 되었다.

 운주에 도착하니 12시쯤 되었다. 아저씨는 고속버스 터미널에 내리자마자 이번에는 시내버스를 타러 갔다. 긴긴 도로를 달려 내린 곳은 넓고 평평한 부지 가운데 우뚝 솟아 있는 회색 건물 앞이었다. 아저씨는 이 공장의 대장처럼 보이는 아저씨와 악수를 하고는 건물 안을 돌았다. 아저씨가 공장을 나올 땐 벌써 어둠이 깔린 시각이었다.

 하루치 일을 끝낸 아저씨는 숙소 근처에 있는 편의점을 찾았다. 메뉴는 바뀌는 법이 없다. 어쩌다 한 번은 늘 똑같은 아저씨의 편의점 식사 메뉴가 궁금했다. 단지 아저씨의 취향일 뿐인지, 아니면 그렇게도 무던한 아저씨의 성격 때문인지, 값싸게 식사를 때우려는 선택 때문인지 말이다. 건강을 위해서라도 좀 더 그럴듯한 음식을 먹었으면 좋겠다.

"아저씨는 맥주가 그렇게 맛있어요?"

"왜?"

"항상 맥주 드시잖아요."

"네가 어려서 아직 잘 모르는 거다. 술은 맛으로 마시는 게 아냐."

"그럼요?"

"기분으로 마시는 거지. 왜? 궁금하냐? 마셔볼래?"

"윽, 됐어요."

"됐긴, 원래 술은 어른한테 배우는 거야. 기다려봐라, 원래 내 주종은 맥주지만 말이다, 오늘은 소주가 필요하겠구나."

아저씨는 벌떡 일어나더니 편의점 안으로 들어갔다. 아저씨는 초록색 병과 비닐로 포장된 조그만 종이컵을 가져왔다.

"자, 받아라."

나는 종이컵을 두 손으로 받아들고 아저씨가 따르는 술을 받았다. 아저씨는 나에게 술병을 건넸다. 이번에는 내가 조심스럽게 아저씨의 종이컵을 채웠다.

"짠!"

나는 어디에선가 본 것처럼 고개를 돌려 종이컵에 든 술을 입에 갖다 댔다.

"윽! 왜 이렇게 맛이 없어요?"

"이놈아, 맛으로 먹는 게 아니라니까? 그리고 첫 잔은 다 비우는 거야!"

"싫어요."

"어서!"

나는 투덜거리며 겨우 첫 잔을 비웠다. 술이 식도를 타고 위까지 내려오는 게 느껴졌다. 타는 듯한 느낌이 몸속 어딘가를 빙글빙글 돌았다가 사라졌다. 금세 얼굴이 화끈거리고 알딸딸했다. 기분으로 먹는다는 게 이런 건가? 눈이 저절로 감기려 한다. 나는 의자에 기대어 눈을 떠보려 애썼다. 희미한 가로등이다. 가로등 뒤에 하얀 달이 떠 있다.

두 빛이 자꾸만 겹쳤다가 떨어지기를 반복했다.

그 빛은 점점 나에게로 다가오는 것만 같다. 아니, 빠른 속도로 나에게 다가온다.

또 다른 기억의 조각이 수면 위로 올라왔다.

나에게 빠른 속도로 다가오는 건 그 번쩍거리는 트럭만이 아니었다. 어떤 남자가 나를 향해 달려온다.

누구일까? 얼굴은 보이지 않는다.

커다란 누군가의 손이 나를 향해 뻗고 있다. 나에게 뻗친 그 손은 나를 잡아당긴다. 그 반동으로 내 머리는 반대쪽으로 향하다가 그 남자 쪽으로 이끌렸다.

갑자기 눈이 번쩍 떠졌다.

"아저씨, 저 방금 또 기억났어요."

나는 방금 스쳐 간 장면을 아저씨에게 이야기했다.

엄청난 빛을 내뿜으며 돌진해 오는 것이 나를 들이받기를 기다렸다.

그런데, 그 순간에 나는 혼자가 아니었다. 누군가가 함께 있었다. 그 누군가는 나를 향해 손을 뻗었다.

"그건 분명 너를 살리고 싶어 하는 손길이었을 거야."

나는 어깨를 으쓱했다.

"봐라, 내가 뭐랬니. 네 소설은 달라질 거라고 했지? 포기하지 말고 너도 기억을 더 찾도록 노력해 봐."

아저씨는 마지막 잔을 마저 비우고 발그레한 얼굴로 먹고 남은 자리를 정리했다. 컵라면은 국물까지 싹싹 비우고, 조금 튄 국물도 휴지로 닦아 휴지통에 버렸다. 그러고는 대자로 뻗어 곯아떨어졌다.

아침 공기는 아직 차가웠다. 아저씨는 외투를 여미곤 버스를 기다렸다. 오늘도 공장에 가는 것이다.

바로 그때, 진동 소리가 들렸다. 아저씨는 휴대전화를 확인했다. 저장되지 않은 번호였다. 아저씨는 받지 않고 가만 놔두었다. 휴대전화의 울림은 멈췄다. 그러나 10초쯤 지났을까. 다시 휴대전화가 요동쳤다.

같은 전화번호다. 심상치 않은 전화임을 직감한 듯 아저씨는 조심스럽게 통화 버튼을 눌렀다.

"여보세요?"

"안녕하세요, 아버님. 저는 우연이 담임교사입니다."

"아, 예 선생님! 그런데 무슨 일로……."

아저씨는 안도한 듯 대답했다.

"오늘 우연이가 학교에 안 왔거든요, 아버님. 어머님께서도 전화를 안 받으시고요."

"그런가요? 죄송합니다. 제가 지금 출장 중이어서……. 제가 한번 연락해 보겠습니다."

아저씨는 전화를 끊고 바로 다른 곳으로 전화를 걸었다. 하지만 신호음만 계속 울렸다.

"이상하군……. 전화를 안 받네……."

업무 중이던 아저씨는 전화를 마냥 기다릴 순 없었다. 공장장의 부름에 얼른 들어가야 했다. 그리고 공장에 들어선 순간, 쉴 새 없이 밀려들어 오는 일들에 아저씨는 아내에게 다시 전화를 걸어야 한다는 걸 까맣게 잊어버렸다.

그날 저녁, 겨우 정신을 차린 아저씨는 한 번 더 전화를 걸었다.

"연결이 되지 않아……."

"아무래도 이상해. 이렇게 연락이 없을 사람이 아닌데."

아저씨는 불안감에 몸을 떨었다.

"아냐, 괜찮겠지……. 무슨 일이 있으면 전화를 먼저 했을 거야."

다음 날 아침, 아저씨는 한 번 더 공장을 점검하고, 고속버스터미

널에서 버스를 기다렸다.

"네, 여보세요?"

"안녕하세요, 아버님? 저 우연이 담임교사입니다."

"아, 예 선생님."

"오늘도 우연이가 등교하지 않았는데, 혹시 아픈가 해서요."

"아, 죄송합니다. 제가 오늘까지 출장인데 저희 집사람이 계속 전화를 안 받네요. 죄송합니다……. 제가 얼른 연락해서 알아보겠습니다. 예, 예."

아저씨는 전화를 끊었다.

"하, 이게 무슨 일이지?"

아저씨는 구둣발로 바닥을 두들겼다. 동공이 흔들리고 식은땀까지 나는 것 같았다. 별일 없겠지. 나는 혹시 몰라서 아저씨의 정보가 담긴 파일을 다시 확인했다. 그래, 아직까지 별다른 변화는 없다.

아저씨는 버스에서 내리자마자 바로 택시를 탔다. 그리고 있는 힘껏 달렸다. 집으로.

아저씨는 문을 열었다. 아니, 문이 열려 있었다.

아저씨의 아내는 항상 집을 깨끗하게 정돈하는 사람이었다. 선반에 먼지 하나 남지 않게 닦고 또 닦는 사람이었다. 경제 형편을 위해 밖으로 나가 일을 시작했지만 그녀의 청소는 빈틈이 없었다.

아저씨가 힘들지 않으냐고, 쉬어도 된다고, 본인이 하겠다고 해도, 항상 아저씨의 아내는 밤늦게까지 일하고 오는 남편이 깨끗하게 정돈된 집에서 편하게 쉬길 바란다고 말하는 사람이었다.

그런데 아저씨가 들어온 집 안은 온통 엉망이었다. 느낌이 이상했다. 바빠서 청소를 못 해 어질러놓은 느낌이 아니라, 마치 누군가가 일부러 들어와 망쳐놓은 느낌이 들었다.

"여보! 혜인아!"

난장판인 거실을 훑으며 아내의 이름을 불렀다. 아저씨의 심장이 쿵쾅쿵쾅 뛰었다. 아저씨는 방문을 열었다.

"혜인아!"

그녀는 쓰러져 있었다.

"혜인아, 이게 어떻게 된 일이야……."

아저씨는 아내의 몸을 일으켜 세우려 했다. 그러다 갑자기 얼어붙었다. 이건 누가 봐도…… 그녀의 얼굴과 목에 돋아난 검붉은 반점이 결코 스스로 만들어질 리 없었다.

"아, 아저씨! 정신 차리세요! 119에 전화부터 하셔야죠!"

나는 소리쳤다. 순간 정신이 든 아저씨는 재빨리 전화를 걸었다.

밖에서 강력하고 진한 사이렌 소리가 들렸다. 순식간에 경찰들이 들어왔고, 구급대원들이 들것을 가져왔다.

"보호자분이시죠?"

"예, 제 아내입니다…….."

바로 그때, 한 경찰이 소리쳤다.

"여기, 아이가 있습니다!"

아저씨는 맞은편에 있는 작은 방으로 달려갔다. 경찰은 옷장 속 보풀이 잔뜩 일어난 회색 니트를 걷어냈다. 잔뜩 웅크리고 있는 조그만 우연이가 있었다.

경찰이 우연이의 팔을 잡자, 우연이는 소리 지르며 버둥거렸다.

"으앙!"

우연이는 좀처럼 진정할 줄 몰랐다.

"우연아!"

아저씨는 발버둥 치는 우연이를 꼭 안았다. 그러자 안도한 걸까, 아이는 바로 깊은 잠에 빠져버렸다.

그 사이, 구급대원들은 들것에 아저씨의 아내를 고정시키고, 현관을 나섰다.

"보호자분! 빨리 오세요!"

구급차 안에서 구급대원들의 급박한 목소리가 오고 갔다. 그들이 사용하는 전문적인 의학 용어들이 뱅글뱅글 돌았다. 잠든 우연이를 꼭 안고 있었지만 아저씨의 눈은 텅 비어 있었다. 텅 빈 시선의 끝은 오직 아내를 향해 있었다.

아저씨 아내의 생명은 이내 꺼져버렸다. 아저씨는 투박한 손에 얼굴을 묻었다. 사유는 경부 압박 질식에 의한 저산소 뇌손상이라고 했다.

아저씨 아내가 입은 상처들 가운데, 목에 난 검붉은 자국들이 떠올랐다. 도대체 왜? 갑자기? 어떻게 이런 일이……

아저씨는 갑자기 일어나 수척해진 몸을 이끌고 발걸음을 옮겼다. 아저씨는 밖으로 나와 병원 건물 뒤쪽으로 향했다. 깜깜한 밤에 인적이 드문 골목이라니, 설마…… 나쁜 생각을 하는 건 아니겠지.

아저씨는 몸을 홱 돌렸다.

"나와, 어서!"

나오라니, 누구를?

"동행자니 뭐니 하는 네 녀석! 나오란 말이다!"

뭐라고? 뭐야, 뭘 어떻게 해야 해? 이 아저씨가 지금 이럴 때가 아니지 않나. 진짜 나가야 하는 건가? 나는 몇 번이고 외치는 아저씨 앞으로 다가갔다.

"아, 아저씨……. 일단 진정하시고요."

나를 발견한 아저씨가 성큼성큼 내 앞으로 다가왔다.

"너라면 할 수 있겠지? 시간을 되돌려줘."

"뭐라고요?"

"시간을 되돌려달란 말이다."

내 사수가 나에게 말했던, 시간 동행자로서 지켜야 할 원칙들이 떠올랐다. 아저씨의 요구는 절대로 들어줄 수 없는 것이었다.

"죄송하지만요, 아저씨. 그럴 순 없어요. 한번 지나간 시간은……."

"이 시간도 결국 되돌린 시간이 아니었냐? 1년만 다시 돌려놓아 줘라, 부탁이야. 아니, 1년이 불가능하면 6개월? 아니 한 달이라도 좋아……. 하루라도. 제발……."

아저씨는 내 셔츠를 잡고 매달렸다. 몸을 가누기가 힘들었다.

"한번 지나간 시간은…… 되돌릴 수 없어요. 그게 저희 원칙이에요."

아저씨는 세상이 무너질 듯이 엉엉 울어댔다.

아니, 오늘 아저씨의 세상은 무너졌다.

11
20240704 _ 생의 경계

머리가 핑핑 돌았다.

벽을 짚고 간신히 서 있는 내게, 놀라운 얼굴이 보였다.

"선배님!"

나는 정신이 혼미했지만 일단 벌어진 일들을 설명해야 했다. 그동안 어딜 그렇게 다녀왔느냐고, 왜 이렇게 오래 걸렸느냐고 따지고 싶었지만, 그건 나중 일이었다.

"선배님, 의뢰인의 아내가 목숨을 잃었습니다. 갑자기 이게 어떻게 된 일인지 모르겠습니다……!"

"2013년 12월 1일. 의뢰인의 아내 이혜인 씨가 생을 마감하는 날은 해당 날짜가 맞아."

"예? 그, 그럴 리가 없습니다!"

"이혜인 씨의 죽음은 네가 관여할 일이 아니야. 그녀의 죽음은 그렇게 예정되어 있었고, 의뢰인이 다시 과거로 돌아간다고 해도 그 사실은 바뀌지 않으니까. 오히려 의뢰인이 생의 원칙을 거스르려는 행위만 하지 않았다면 이혜인 씨가 더 편안하게 생을 마감했을지도……."

그게 도대체 무슨 말인가? 나는 묻고 따지고 싶었다. 하지만 내가 뭐라고 이야기하기도 전에 사수는 먼저 입을 열었다.

"네게 인수인계, 아니 작별 인사를 하러 왔어."

"그게 무슨……?"

"오늘부로 의뢰인에게 남은 시간은 약 11년이 된다. 이제부터는 그 남은 시간을 네가 혼자 의뢰인과 동행해야 해."

"왜죠? 선배님은 어디 가시고……."

"따라와."

사수는 내 말을 듣지도 않고 뒤를 돌아 성큼성큼 걸어갔다. 나는 사수가 또 내 눈앞에서 사라질까 봐 겁이 났다. 얼른 그를 뒤쫓았.

아무도 배정되지 않은 어느 병실 앞에 선 사수는 걸음을 멈추고 뒤를 돌아보았다.

"시계 꺼내 봐."

나는 온통 땀범벅인 손으로 주머니에 있는 시계를 꺼냈다. 사수는 내 시계를 가져가곤, 시계 덮개를 열었다. 그리고 시곗바늘이 달리고 있는 동그란 시계판을 잡아당겼다. 시계판을 잡아당기니 뒷면에는 또 다른 시계판 속에 시곗바늘들이 달리고 있었다.

"우린 지금부터 2024년으로 갈 거야."

사수는 시계 위에 달려 있는 조그마한 고리를 돌리곤, 위에서 아래로 눌렀다.

순간, 이 병원에서 오고 가는 사람들이 아주 빠르게 움직였다. 의뢰인의 시간을 밀려서 동행하는 것보다 더, 더, 빠르게.

그리고 서서히 멈췄다.

분명 아까는 아무도 배정되지 않은 병실이었는데, 이젠 '김시원'이란 사람의 병실 앞이었다. 병실 안에서 들려오는 소리는 마치 숨막히는 전쟁과 같았다. 다급한 외침, 울부짖는 목소리…….

사수는 병실 안으로 들어갔다. 나도 모르게 그 뒤로 이끌려 들어갔다.

중년의 남성과 여성이 울고 있다. 의사는 있는 힘껏 환자를 살리려고 시도하고 있었다. 의사는 누워 있는 자의 가슴을 규칙적인 감각으로 쉼 없이 눌러댔다.

누워 있는 자의 얼굴은 나에게 익숙했다. 너무나도 익숙해서 소름이 다 끼쳤다. 나는 내 옆에 있는 사수를 돌아보았다.

사수는 아무런 미동 없이 자기 얼굴을 물끄러미 바라보았다.

삐ㅡ.

사투 끝에 의사는 사수의 몸에서 힘없이 손을 떼었다. 중년의 여성은 의사의 흰 가운을 붙잡고 애원했다.

"선생님, 안 돼요! 제발……. 제발 살려주세요……!"

"죄송합니다, 어머님……. 2024년 7월 4일 23시 24분. 김시원 님…… 사망하셨습니다."

"흐흑, 안 돼……!"

나는 지금도 이 상황이 어떻게 된 일인지 이해할 수 없었다. 방금 죽은 자가 정말 내 사수란 말인가? 그렇다면 사수는 지금까지 계속 병원에 누워 있었던 거고? 그럼 지금까지 내 옆에 있던 이 사람은 대체 누구인가?

충격과 슬픔이 가시지 않은 그때, 검은 양복은 입은 거구의 사내 둘이 병실로 들어왔다.

그들의 얼굴은…… 너무나도 무서웠고 께름칙했다. 도저히 같은 인간이라고 생각할 수 없었다. 피부는 딱딱한 회색 시멘트 바닥 같았고, 표정이라곤 없었다. 뻣뻣한 장승 같았다. 누구지? 사수를 아는 사람인가? 아니면 여기 있는 중년의 부부? 아니면 의료진?

한 사내가 사수에게 말했다.

"김시원, 널 데리러 왔다."

사수는 고개를 끄덕거렸다. 이 무서운 사내들이 누군지 사수는 아는 걸까?

"서, 선배님……."

사수는 내 목소리에 손바닥을 들어 보였다. 그러고는 사내들에게 말했다.

"사자님, 잠시 시간을 내주십시오. 아직 후배에게 하늘거래소 업무를 인수인계하지 못했습니다."

"자네에게 줄 수 있는 시간은 10분. 10분 안에 끝내도록 하게."

나는 사수를 따라 병실을 나왔다.

"서, 선배님. 이게 대체 무슨 일입니까? 그리고 사자라니요? 선배님은 어디 가시는 겁니까?"

"이제 진짜 죽었으니 저승으로 가야지. 아마 내가 하늘거래소의 손님으로 갈 일은 없을 거야. 나는 내 삶에 대한 어떤 후회나 미련도, 원망도 없거든."

"이제 진짜…… 죽었다니요?"

"너도 눈치챘겠지? 우리가 하늘거래소를 찾는 손님과 다르다는 사실을 말이야."

그래, 그게 제일 이상했다.

"하늘거래소를 찾는 손님들은 죽음을 맞이한 사람들이지만 우리는 아니거든. 우린, 생의 경계에 있는 자들이야."

"생의 경계……."

"내가 하늘거래소에서 눈을 뜬 건 3년 전. 그래, 나는 3년 동안 줄곧 여기서 혼수상태인 채로 지냈지."

나는 사수의 말을 이해해 보려 애썼다.

"그래. 너 역시도 삶의 경계에 위치해 있어. 내 마지막 육신은 여기에 있었지만 네 육신이 지금 어디에 있는지는 나도 몰라. 확실한 건, 너 역시도 나와 같은 처지에 있다는 것. 그동안 내가 왜 사라졌는지 알아? 내 육신이 의식을 찾을 때였거든."

사수는 손가락으로 자신을 가리켜 보였다.

"그리고 난 선택해야 한다는 걸 알았어. '삶의 경계에서 다시 이승으로 돌아갈 것인가, 아니면 내 삶을 정리하고 저승으로 갈 것인가'를 말이야. 물론 선택해야 할 시점에 내 기억은 한꺼번에 돌아왔어. 그 선택이란 걸 하기 위해 거의 한 달을 고민했던 것 같아. 우리 존재의 애매함이 시작된 거기서 말이야. 그런데 아무리 생각해 봐도 내가 다시 이승으로 돌아갈 이유가 없더라고. 그 이유가 죽어버렸거든. 그래서 이제 난 내가 선택한 길로 들어설 참이고, 내 선택을 네게 보여준 거야."

"그, 그럼 저는……."

"너도 언젠가는 나처럼 선택해야 할 시점이 오겠지."

"저에게 알려주는 이유가 무엇입니까?"

"글쎄……. 내가 이걸 알려줘도 되는지 모르겠다. 이건 또 다른 생의 원칙을 거스르는 행위일지도 모르니까. 하지만 난 다시 태어나고 싶은 마음도 없거든. 만약 나의 규칙 위반을 가엾게 여겨 다시 날 태어나게 해주신다면 인간이 아닌, 나무로 태어나게 해달라고 하겠어.

인생은 괴롭거든. 단단한 나무로 태어나서 흔들림 없이 그냥 살아보고 싶어. 그냥……."

나는 그 어떤 말도 할 수 없었다.

"우식아, 부탁이 있어. 너에게는 미안하지만, 들어줄래?"

"무엇입니까?"

사수는 마지막 말을 남기고 떠났다. 저승사자와 함께.

12
20131204 _남은 자들

까만 상복으로 갈아입은 아저씨와 아들이 보였다.

머리가 핑 돌았다. 한꺼번에 벌어진 일들이 정리가 안 되었다. 일단 이곳에서 나와야겠다는 생각뿐이었다. 하지만 밖으로 나와도 머리를 식히기는 힘들었다.

지금까지 보이지 않았던 것들이 보이기 시작했다. 여기에 있는 인간들은 둘 중 하나였다. 아직 살아있는 인간이거나, 저승으로 갈 예정인 인간.

이 두 부류는 뚜렷이 구분되었다. 저승으로 가게 될 인간들은 하늘거래소에 방문한 인간들처럼 푸르딩딩하고 창백한 얼굴에, 몸은 뻣뻣했으니까.

그리고 그들 옆에는 더 끔찍한 얼굴들이 서 있었다. 회색빛의 딱딱한 얼굴들. 저승사자다.

"사자님, 마지막으로 우리 손녀 얼굴 한 번만 보고 가게 해주십시오!"

"사자님! 저는 억울합니다! 제가 왜 죽어야 합니까? 대체 왜……!"

저승으로 가기 싫은 인간들은 저승사자를 붙잡고 애원했다. 하지만 그들의 딱딱한 회색 얼굴에서 자비라고는 눈곱만치도 찾아볼 수 없었다.

사람들은 저승사자에게 아이처럼 생떼를 쓰다가도, 어느 순간 차분해져선 저승사자를 따라갔다. 바로 그때, 낯익은 얼굴이 눈에 띄었다.

"신입, 안녕?"

"아, 예. 안녕하세요……."

종현 선배였다. 종현 선배는 내가 응시하고 있는 곳을 똑같이 바라보았다.

"참 안타깝지? 인간이 죽으면 바로 저승사자가 데리러 와. 대부분은 저승사자를 따라가게 되어 있거든? 그런데 저 인간들은 죽었으면서 왜 아직까지 자기 장례식장에 남아 있는 줄 알아?"

"저승에…… 가기 싫어서요?"

"맞아. 가기 싫은 거지. 그래서 저렇게 애걸복걸하는 거야. 인간들

하는 말 있잖아. '개똥밭에 굴러도 이승이 좋다.'라고. 하지만 딱 자기 장례식까지. 저승사자들은 그 이상은 봐주지 않고 데려가."

"그렇군요……."

"딱 보기에도 미련이 많이 남아 보이지? 미련이 많으면 어디로 가겠니?"

"하늘거래소로…… 오겠지요."

"맞아. 다 하늘거래소 예비 손님들이지."

"그런데 선배님은 어쩐 일로?"

"사장님께 연락이 왔거든. 너와 함께 동행하라고 말이야. 이제부터는 내가 너와 함께 박영진 의뢰인을 케어할 거야."

"예? 어째서……."

"왜긴, 네가 신입이니까 그렇지. 나도 사장님이 급하게 부르는 바람에 당황스럽긴 했지만 어쩌겠니. 난 내가 맡고 있던 의뢰인도 딴사람에게 인수인계해 주고 왔다니까? 그, 내가 맡고 있던 할아버지 말이야, 기억나지?"

"예……."

"암튼 앞으로 잘해보자."

"예……. 저도. 그런데……, 선배님은 제 사수가 어디로 갔는지 아시나요?"

"글쎄다, 사장님은 그것까진 얘기 안 해주시더라고. 뭐 나름의 사정이 있겠지."

"그럼 정수는요?"

"몰라. 하지만 나 말고 다른 사수를 붙여주지 않을까 싶네."

정수 녀석은 지금 괜찮은 걸까. 이 상황이 대충 정리되면 거점 기지로 가야겠다. 정수에게든 상윤에게든 해주고 싶은 말이 너무나도 많았다.

나와 종현 선배는 다시 돌아가려고 발걸음을 돌렸다. 바로 그때, 복도에 서 있는 우연이와 마주쳤다.

"우식이 형?"

"아, 안녕."

꼬마가 기억력도 좋다. 한두 번 본 기억으로 나를 알아보았다.

"누구냐?"

종현 선배가 물었다.

"의뢰인 박영진의 아들입니다."

"형, 우리 아빠 보러 왔지? 우리 아빠는 저 안에 있어."

나와 인사한 우연이는 화장실 쪽으로 들어갔다. 아무것도 모르는 우연이의 모습을 보니 왠지 가슴이 아팠다. 이제 저 꼬마는 엄마 없이 이 세상을 살아내야 한다. 아저씨와 함께.

"그런데 이상하군."

"예?"

"지금 의뢰인이 없잖아. 의뢰인과의 거리가 적어도 3미터는 돼야 여기 사람들이 우리를 인지할 수 있거든. 너도 알지? 그런데 어떻게 저 꼬마는 너를 알아봤지?"

"그, 글쎄요……."

"이상하군. 시계가 고장이라도 난 건가? 시간 관리팀 쪽에 한번 여쭤봐야겠는데."

"예, 예."

"됐고, 일단 안으로 들어가자."

나는 종현 선배를 따라 아저씨가 있는 곳으로 들어갔다.

"실례하지만 박영진 님 되십니까?"

여기도 낯선 사내 두 명이 찾아왔다. 다행히 살아있는 인간들이었다. 사내 중 한 명이 아저씨에게 신분증 같은 걸 내밀었다. 슬픔이 가득한 아저씨의 눈이 커졌다.

"저는 화원 서부경찰서 강력1팀 장형수입니다."

"예, 예……."

"잠깐 얘기 좀 할 수 있을까요? 이혜인 씨 사망과 관련하여 CCTV 내용을 확인했습니다."

왜 사수가 '아저씨가 생의 원칙을 거스르는 행위를 하지 않았다면 더 편안하게 생을 마감했을 것'이라고 이야기했는지 알 것 같았다.

원래 아저씨의 아내에게 예정되어 있었던 생의 마감 사유가 달라진 것이다.

아저씨는 경찰들과 함께 CCTV를 확인했다.

아저씨가 출장을 간 그날 저녁, CCTV에는 노란색 장바구니를 든 아내의 모습이 담겨 있었다. 아저씨의 아내가 현관문을 열고 집 안으로 들어가는 등 뒤로 현관문이 닫히는 사이, 불과 10초 안에 벌어진 일이었다.

우람한 체격에 온통 까만 옷에 까만 모자, 까만 마스크까지 끼고 있는 괴한이 완전히 문이 닫히기 전에 현관문을 잡아 순식간에 안으로 들어갔다. 괴한이 다시 나오기까지는 30분도 채 되지 않았다.

"그래서……, 이놈 지금 어디 있습니까? 잡았습니까?"

경찰에게 묻는 아저씨의 목소리는 부들부들 떨렸다.

"예. 녀석이 도주한 경로를 추적하여 잡았습니다. 강도살인 미수 전과범이더군요. 아마 형량은 세게 구형될 겁니다……."

아저씨 아내의 무고한 죽음은 세간을 떠들썩하게 했다. 아저씨가 경찰을 통해 확인한 CCTV 장면은 자극적인 헤드라인과 함께 뉴스에 앞다투어 올라왔고, 영상을 본 사람들은 수많은 댓글로 더 이상 안전한 곳은 없다는 충격과 두려움, 흉악범에게 무기징역을 선고하라는 분노를 표출했다. 하지만 그 어떤 것도, 꺼진 생명을 다시 살리고 유족들을 가족 잃은 고통으로부터 구원해 줄 수는 없었다.

옷장 속에 숨어 있었던 어린 아들에 대해서도 조명되었다. 각종

타이틀을 지닌 아동 심리 전문가들이 어린 아들의 심리상태를 추측하고 걱정했으며, 충격적인 장면을 보았을지도 모르는 아들에 대한 상담이나 검사를 권하는 연락을 해왔다. 유명한 한 소아정신의학과 교수가 우연이를 보러 오기도 했다. 그런데 사건이 벌어진 이틀간의 기억은 우연이에게 삭제된 것처럼 보였다. 우연이가 아무것도 기억나지 않는다고 대답했기 때문이다.

전문가의 말에 따르면 아이가 그 끔찍한 상황을 목격했는지는 알 수 없지만, 아이는 큰 충격을 받았고, 그것이 기억상실을 불러일으켰다는 것이다.

아저씨는 의사의 소견을 듣고 더 이상 우연이가 심리 상담이나 검사를 받기를 원하지 않았다. 차라리 우연이가 영원히 기억하지 않기를 바라는 바람이었다. 전문가들은 우연이를 만약 이대로 두면 나중에 어떤 내상 혹은 외상을 일으킬지 모른다고 여러 가지 치료를 권했지만, 아저씨의 결정은 단호했다.

아저씨는 장례를 치르자마자 회사로 가서 서류 하나를 제출했다. 서류 봉투의 겉면에는 '파견 신청서'라는 글자가 쓰여 있었다.

아저씨는 우연이의 손을 잡고 65번 버스를 탔다. 다른 한 손에는 커다란 가방이 들려 있었다.

"아빠, 어디 가?"

"할머니 보러 갈 거야."

아저씨와 우연이가 내린 곳은 나도 와본 적이 있는 곳이다. 버스에서 내린 아저씨는 다시 우연이의 손을 잡고 골목을 올랐다.

"우연아, 우리 찐빵 먹고 갈까?"

"좋아!"

아저씨는 빨간색 간판의 '단월 만두 찐빵' 가게의 철문을 열었다. 녹이 슬었는지 자꾸만 끼익거렸다.

"찐빵 네 개만 주세요. 만두 한 접시도요."

10분쯤 지났을까. 사장님은 갓 찐 하얗고 보드라운 찐빵을 내왔다. 우연이는 찐빵 하나를 집어 들었다. 한입 베어 문 순간 뜨거운 김이 얼굴을 가린다.

"아빠, 너무 뜨거워!"

아저씨는 우연이의 손을 커다란 손으로 감싼 다음, 후후 불어주었다.

"자, 됐지?"

"응!"

우연이는 금세 찐빵을 먹어치웠다. 뭐지? 지금 장면은 너무나도 익숙하다. 나의 기억 조각과 겹쳐 보였다. 혼란스럽다. 사실 내 기억이었던 게 아니라, 아저씨의 기억을 미리 본 건가?

우연이와 식사를 마친 아저씨는 조금 더 걸었다. 아저씨와 우연이가 멈춰 선 곳은 파란색 대문 앞이었다. 집주인은 기다렸다는 듯이 문을 열었다. 집주인이 나오자 우연이는 달려 나갔다.

"할머니!"

"우리 새끼 왔냐."

할머니는 달려오는 우연이를 안아주었다.

"춥지? 들어와라."

할머니는 우연이의 손을 잡고 아저씨를 집 안으로 보냈다. 아저씨는 긴 침묵 끝에 입을 열었다.

"어머니, 잠깐 우연이 좀 맡아주세요."

"어딜 가려고 하는 게냐……. 이 어린 것은 떼놓고."

"잠깐이라도……. 저에겐 생각할 시간이 필요해요."

"그 생각이, 나쁜 생각은 아니겠지?"

"아니에요……."

"조금만 있다가 돌아와. 알겠냐?"

"……."

"우연이 생각해서라도 살아."

"알아요……."

아저씨는 흐느꼈다.

"어머니, 저는 견딜 수가 없어요……. 나 자신이 너무나도 죄스러워요. 혜인이를 생각하면 저는……."

"죄스럽고 끔찍해도 살아. 안 그래도 엄마 없는 자식인데, 아빠까지 없는 자식으로 만들 거야?"

아저씨와 할머니의 이야기는 한 시간 넘게 이어졌다. 아저씨는 일주일 정도 할머니와 우연이 곁에 더 머물러 있었다.

"우연아, 아빠 잠깐 일이 있어서 좀 먼 데 다녀올 거야. 그때까지 할머니 집에서 잘 놀고 있어, 알겠지?"

"언제 오는데?"

"조금 걸릴 거야."

"그래도 금방 올 거지?"

"응……. 그동안 할머니랑 잘 지내고 있어, 알겠지?"

"알겠어. 그 대신 빨리 와."

"참 안됐어, 그렇지?"

"예……."

"의뢰인도 안됐고, 저 꼬맹이도 안쓰럽고……."

종현 선배와 이런 이야기를 하는 게 참으로 어색하게 느껴졌다. 이전 사수와는 어떤 이야기도 주고받지 않았으니까. 그래도 종현 선배는 잔정이란 게 있는 사람 같다.

"박영진 의뢰인은 한동안 안 돌아올 것 같은데. 보통 저렇게 가면 잘 안 돌아와."

나는 종현 선배를 쳐다보았다. 종현 선배는 어깨를 으쓱해 보였다.

"대개는 그래. 내가 얼마나 많은 의뢰인을 봤는지 아니?"

"그래도 저는 돌아올 거라 믿어요……. 아저씨는 가족을 우선시하는 사람이거든요. 그것 때문에 하늘거래소와 계약했고요."

"글쎄다. 그리고 우식이 너, 너무 네 감정 투영시키지 마."

"예? 딱히 그런 거 아닌데요……."

"아니긴? 딱 봐도 그래 뵈는데. 널 위해 하는 말이야. 괜히 의뢰인 삶에 네 감정을 쏟았다간 나중에 의뢰인 보낼 때 힘들어져. 알겠지?"

"알겠습니다……."

아저씨는 바로 다음 날, 중국행 비행기를 탔다.

13
20190220 _ 수명 교란

 종현 선배가 내 옆에 떡하니 버티고 있는 바람에 나는 아저씨와 대화할 기회를 번번이 놓치고 있었다. 문제는 생각보다 아저씨의 중국 체류가 꽤나 오래 지속되고 있다는 것이었다. 이건 아무리 생각해도 아니다. 나는 아저씨에게 어서 한국으로 돌아가라고, 우연이가 기다릴 거라고 얘기해 주고 싶었다.

 그도 그럴 것이, 아저씨가 가고부터 1년 동안 우연이는 일주일에 두 통씩 편지를 보내왔다. 하지만 아저씨는 우연이의 편지를 모아두기만 할 뿐, 읽지 않았다. 편지뿐만이 아니었다. 간간이 82로 시작하는 국제전화가 걸려와도 아저씨는 모두 거부했다. 그렇게 2년째로 접어들면서 어느 새부턴가 편지도 전화도 뜸해졌다. 그나마 아저씨는 한국에 한 달에 한 번 생활비는 보내는 것으로 자신의 소식을 알렸다.

나는 뭔가 단단히 잘못되어 가고 있다는 걸 느꼈다. 아저씨는 이번에도 회피하려 하고 있었다.

나는 당장 아저씨와 직접 얘기하고 싶었지만, 종현 선배는 좀처럼 자리를 비우는 날이 없었다. 게다가 아저씨의 단조로운 해외 체류 기간이 길어지자, 우리가 시간 동행자로서 의뢰자의 시간에 개입할 건더기가 없었다. 종현 선배는 의뢰인의 시간이 빨리 흘러가도록 거리감을 조절했다. 그래서 아저씨와 얘기할 기회가 주어지지 않았고, 나는 초조해져만 갔다.

마지막으로 아저씨와 대화를 나누었을 때는 아저씨의 아내가 세상을 떠난 그날이었다. 곰곰이 따져보면 그때가 2013년이었으니, 그 사이 6년 정도가 지난 셈이었다. 하지만 나는 그저 초조하게 아저씨의 시간을 멀리서 지켜볼 수밖에 없었다.

아저씨가 다시 가족들 곁으로 돌아온 건 우연이 할머니의 투병 소식을 알게 된 때였다.

인천행 비행기를 탄 아저씨는 비행기에서 내리자마자 매향병원으로 갔다.

"매정한 놈. 몸 불편한 어미에게 아들 맡겨놓고 병원 신세 질 때가 돼서야 겨우 오는 거냐."

"죄송해요…….."

"이렇게라도 왔으니 됐다."

"예……."

"난 됐고, 나보다 앞으로 살날이 더 많은 사람을 생각해야 하지 않겠냐."

"예……."

"이제 우연이랑 같이 살아. 나가지 말고. 그게 내 마지막 부탁이다."

"알겠으니까, 그런 말씀 마세요. 우연이를 위해서라도 더 오래 사셔야죠."

"그러니까 네 새끼 이제 데리고 가라고."

아저씨는 병실을 나와 의자에 툭 걸쳐 앉았다. 투박해진 손으로 꺼칠한 얼굴을 한참이나 비볐다. 그러고는 까만 가방을 다시 고쳐 매고, 단월로에 있는 우연이네 할머니 집으로 향했다.

집은 아저씨가 떠날 때의 모습과 거의 그대로였다. 하지만 아저씨의 얼굴에 하나둘씩 주름이 져가는 것만큼, 집에도 세월의 흐름이 느껴졌다. 깨끗했던 파란 대문은 군데군데 페인트칠이 벗겨져 있었고, 남자아이가 사는 집답게 낙서 흔적들도 보였다.

아저씨는 헐벗은 나무들 사이를 걸어가 까만 현관문을 열었다. 아무도 없는 거실에 고요한 적막함이 돌았다. 서늘한 한기에 자연스럽게 근육이 긴장했다. 아저씨는 가방을 놓곤 소파에 앉더니 깊게 한숨을 내쉬었다. 집으로 올 누군가를 기다리려는 것이었다.

"후……."

아저씨는 눈을 떴다. 어둑어둑했다. 짧은 시곗바늘이 10을 가리키고 있었다.

"뭐지. 벌써 시간이……."

바로 그때, 현관문이 열리는 소리가 들렸다. 시끄럽고 거친 소리였다. 아저씨는 소파에서 일어났다. 아저씨가 눈을 돌린 곳에는 어떤 소년이 서 있었다.

"우연아."

소년의 눈은 커졌다. 눈만 커진 게 아니었다. 녀석은 확실히 마지막으로 내가 보았던 모습보다 훌쩍 커져 있었다. 해를 따져보니 당연했다. 녀석은 이제 중학교에 입학할 나이가 되었으니까 말이다. 키는 160센티미터가 훌쩍 넘어 보였고, 통통했던 젖살도 빠져 있었다. 밖에 있는 날이 많았는지 피부는 까무잡잡했고, 드문드문 여드름 꽃이 피었다. 까만 패딩이 온몸을 덮고 있었지만, 마르고 날쌔 보이는 몸까지는 가릴 수 없었다.

그리고 나는 직감적으로 알았다. 녀석은……. 내가 아주 잘 알고 있는 놈이다.

지금까지 나는 줄곧 모든 상상력을 동원하여 내가 누군지 생각해 왔었다. 겨우 찾아낸 몇 개의 기억 조각들로 수십 개의 나를 만들어 냈지만 내가 누군지는 도무지 추려지지 않았다.

하지만 지금 이 순간, 내가 누군지, 남아 있는 경우의 수는 단 하나였다.

아.

아아…….

망치로 머리를 세게 얻어맞은 기분이 들었다. 그리고 내 머리는 저절로 지금까지 동행했던 아저씨의 시간에 나를 대입하기 시작했다. 멈춰 있던 톱니바퀴가 빠르게 돌고 있다. 사수, 아니 규진 선배도 이런 느낌이었을까. 나도 모르게 내 육신을 향해 손을 뻗어 한 발짝 내디뎠다.

그런 나를 종현 선배가 가로막았다.

"지금은 개입할 때가 아냐. 더 다가가면 의뢰인에게 우리 모습이 보이게 될 거야."

종현 선배도 눈치챈 걸까. 저 녀석이 바로 나라는 사실을.

하지만 종현 선배는 나에게 어떤 것도 묻지 않았고, 놀란 표정도 짓지 않았다. 가벼워 보이는 인상과 달리 나의 사수처럼 그 역시 선배는 선배였고, 프로는 프로였다.

"누구세요?"

아저씨를 마주하고 놀란 녀석의 눈은 순식간에 가늘어지면서 경계심과 반항기 어린 눈으로 변했다. 덥수룩한 머리카락이 반쯤 눈을 가렸지만 녀석이 내뿜는 적대감은 가릴 수 없었다.

아저씨는 오랜만에 마주한 아들의 날카롭고 뾰족한 질문에 당황한 것처럼 보였지만 애써 누르는 것 같았다. 그리고 당황스러움을 숨기기 위해 퉁명스러운 대답으로 던졌다.

"누구긴 누구냐, 아빠지."

"아빠요? 그동안 나한테 아빠가 있는지도 몰랐는데."

"무슨 소리 하는 거냐⋯⋯. 아니다, 오랜만에 봤으니 너도 당황스럽겠지. 너를 데리러 왔다. 이제 아빠랑 가자."

"그러는 아저씨는 뭔 개소리세요? 여기가 내 집인데. 갈 거면 아저씨 혼자 가시죠."

"우연아⋯⋯."

녀석은 방문을 쾅 닫고 걸어 잠갔다. 걸어 잠근 건 방문만이 아니었다. 녀석은 아저씨를 향한 마음의 문을 굳게 닫았다.

여전히 혼란스럽고, 머리가 깨질 듯이 아프다. 지금 나는 무엇을 해야 할까. 아니, 무엇을 할 수 있을까.

'내'가 마음을 바꾸게 된 건 길고 긴 할머니의 부탁 때문이었다. 아빠와 '나'의 관계는 제대로 매듭지어지지 않은 상태로, 아빠와 '나'

의 불편한 동거가 시작됐다.

　중학생이 되고 이미 거칠어질 대로 거칠어진 '나'의 마음을 다듬기 위해 아빠는 노력했다. 하지만 보는 내가 안타까우리만큼 '나'의 마음은 다듬어질 줄 몰랐다.

　아빠가 아들과 저녁이라도 한 끼 같이하기 위해 빨리 퇴근하고 오노라면, '나'는 반대로 밤 12시가 되도록 귀가하지 않았다.

　아빠가 주는 두둑한 용돈은 오직 '나'의 굶주린 배를 채우기 위한 수단일 뿐, 감사함이나 미안함 따위의 감정을 주진 않았다.

　따분하기 짝이 없는 학교 공부는 당연히 '나'의 관심사 밖이었고, '나'와 비슷한 녀석들과 어울려 다니는 것만이 '나'의 소소한 즐길 거리이자 시간 죽이기였다.

　어울려 다니는 녀석들과 함께 초등학교 때부터 대단했다는 나에 대한 소문은 그대로 중학교로 옮겨졌고, 자연스럽게 학교에서도 '나'는 소위 문제아로 취급받았다.

　그냥 조용히 잠이나 자겠다는데 선생들은 '날' 가만 놔두지 않았다. 선생들은 '나' 하나 기 좀 죽여보겠다고 바락바락 큰 소리로 훈계했지만, '나'는 하나도 무섭지 않았다.

　'나'는 개같이 덤볐다. 미친개라는 수식어를 얻고 나서야 선생들은 '나'를 건드리지 않았다.

　하지만 여전히 적들은 존재했다. 별것도 아닌 새끼들이 자꾸 '내'

심기를 건드리는데, '나'는 그런 녀석들을 절대로 봐주지 않고 제대로 응징했다. 다만 녀석들의 짜증 나는 특징 중 하나는 자기들이 질 것 같으면 보호자를 데려와 쪽수를 늘린다는 거였다.

그럼 '내'가 원하지 않더라도 '나'도 보호자를 소환해야 했다. 그때마다 아빠는 죄인이었다.

그런 아빠의 모습을 볼 때마다 무너져 내리는 나와 달리, 중학생인 '나'에게는 이제 와서 보호자 노릇을 하는 아빠의 모습이 같잖아 보였다. 부모님이 와도, 학교폭력심의위원회에 넘겨져도 쫄지 않는 '나'에 대한 이야기는 금방 학교에 퍼졌고, 더 이상 '나'를 건드리는 새끼들도 없어졌다. 이렇게 완전한 평화가 찾아오기까지 2년이 걸렸다.

평화란 건 따분한 거다. 이젠 하루빨리 학교를 그만두고 싶었다. 하지만 그놈의 '의무 교육'이라는 것 때문에 '나'는 자유의지로 학교를 그만둘 수는 없었다.

나의 의식에 잠식되어 가던 중, 종현 선배가 나를 억지로 끄집어 올렸다.

"우식아, 내가 오기 전에 말이야. 무슨 일 있었어?"

"예?"

"법무팀에서 연락이 왔는데? 위반 사항이 있다고 말이야. 법무팀에서 너를 소환했어."

그래, 당연히 넘어갈 리가 없잖아……. 나는 내가 져야 할 책임을 치러야 한다.

사실 별로 가고 싶진 않았다.

내가 응당 치러야 할 책임을 지는 것이 두려워서가 아니라 아저씨, 아니, 아빠와 '나'의 관계가 악화되어 가는 것을 막고 싶었다. 아빠가 또 후회하는 모습은 보고 싶지 않다.

"얼른 다녀와."

하늘거래소에서 내가 다녀본 장소는 딱 두 군데였다. 사장님이 손님을 응대하는 곳, 그리고 수많은 손님이 기다리는 복도.

나는 처음으로 법무팀에 들어왔다. 신기하게도 드라마에서 보던 검사의 취조실과 비슷했다. 단, 모든 것이 하얗다는 것만 빼고.

하얀 책상을 사이에 두고 검사 역할을 하는 것처럼 보이는 남자는 노트북을 두드리고 있었고 유리벽 너머로 나를 지켜보는 남자들이 두세 명 정도 있었다. 노트북을 두드리던 직원은 신원 확인부터 했다.

"박영진 의뢰인 동행자, 우식 군 본인 맞습니까?"

"예."

"왜 본인이 이곳까지 오게 되었는지 스스로 잘 알거라 생각합니다. 묻는 말에 거짓 없이 대답하길 바랍니다."

나는 침묵했다. 그렇다고 거짓을 고할 생각도 없었다.

"박영진 의뢰인의 배우자, 이혜인 씨. 우식 군도 알고 있죠?"

"예."

"박영진 의뢰인이 계약을 맺고 과거로 돌아오고 난 뒤, 이혜인 씨의 수명 교란 사태가 일어났죠. 인간의 수명 교란은 매우 엄중한 사건입니다. 그렇기 때문에 반드시 법무팀에서 조사하게 되어 있어요."

법무팀 직원은 내 얼굴을 살피며 말을 이어갔다.

"우식 군은 동행자로서 박영진 의뢰인과 관련된 정보들을 받았죠?"

"네."

"정보를 확인했을 때 이혜인 씨의 사망 예정일이 언제였죠?"

"2013년 11월 23일입니다."

"네. 하지만 사망일이 달라졌죠. 2013년 12월 1일. 그리고 그 이전에 박영진 의뢰자의 행적도 달라졌더군요. 우식 군은 의뢰인을 배정받고 나서, 의뢰인 정보에 대한 발설 금지 사항을 고지받았습니다. 맞습니까?"

"예……."

"우식 군은 의뢰인 박영진 씨에게 박영진 씨의 배우자 이혜인 씨의 사망 날짜를 고한 사실이 있더군요? 인정합니까?"

"예."

"이유는?"

"제가 의뢰인에게 거래하자고 제안했습니다. 제 기억을 찾고 싶어서……."

나의 말에 남자는 눈썹을 치켜떴다.

"의뢰인과의 거래 역시 처벌 대상이 될 수 있습니다. 더군다나 우식 군이 의뢰인의 정보를 발설한 사실은 인간 수명을 교란하는 엄청난 파장을 불러일으켰습니다. 수명 교란 건으로 처벌받게 될 겁니다. 이의 있습니까?"

"아뇨, 없습니다."

확인을 끝낸 법무팀은 취조실에서 나를 대기시켰다. 차라리 다 털어놓고 나니 마음이 편했다. 그저 나에게 내려질 처분을 기다릴 뿐이었다.

똑똑.

나는 문을 향해 고개를 돌렸다. 뜻밖의 인물이 들어왔다.

문을 열고 들어온 사람은 나에게 내릴 처분을 가져올 법무팀이 아니라 사장님이었다.

나는 사장님을 보자마자 일어나 고개를 까딱했다. 그러고는 사장님의 얼굴을 바라봤다. 사장님은 몇 주 전에 보았던 모습과 그대로였다. 사장님은 법무팀 남자가 앉았던 자리에 앉아 나를 마주 보았다.

"후……. 네놈이 이렇게 간 큰 녀석인 줄 몰랐다. 아니, 내가 사람을 잘못 골랐지. 네 사수가 말하지 않던? 생의 원칙과 윤리 말이다."

"죄송합니다."

"임마, 네가 저지른 일은 네가 책임지는 거다. 네가 죄송해야 할 사람은 의뢰인, 그리고 수명을 교란당한 피해자들이고."

"알고 있습니다……. 죄송합니다."

"네 헛짓거리만 아니었으면 그래도 의뢰인이나 의뢰인 배우자나 편안하게 갈 수 있었을 텐데 말이다. 그리고 아들과의 관계도 지금보다 더 상황이 좋아졌을 거다."

문득 어떤 생각이 떠올랐다. 나는 사장님을 보며 어렵게 입을 열었다.

"사장님. 저에게 왜 박영진 의뢰인을 배정해 주신 겁니까? 혹시…… 처음부터 알고 계셨던 겁니까?"

"그게 무슨 말이지?"

"처음부터…… 알고 계셨던 거죠?"

"네가 무슨 소리를 하는지 잘 모르겠지만 나는 그냥 네가 배정될 차례였기 때문에 박영진 의뢰인에게 널 배정한 것뿐이야."

"정말 그것뿐입니까?"

나에게 시선을 옮긴 사장님의 눈이 가늘어졌고, 표정은 싸늘했다. 사장님은 끝까지 잡아뗄 작정일 것이다. 하지만 지금이 아니면 기회가 없다.

"사장님은…… 제가 누구였는지 알고 있으신 거 아닌가요?"

"네 과거 따위를 내가 어떻게 안다고 생각하는 거냐? 네가 아니어도 여기 직원만 수천 명인데, 너 같은 신입의 과거를 내가 어떻게 알겠냐? 안 그래?"

"그건……."

"넌 그냥 나한테 동행자로서의 직원일 뿐이야. 알겠냐?"

"……."

거짓말. 이게 우연이라고?

하지만 사장님은 완전히 질문을 차단해 버렸다. 여기서 물러설 수밖에 없는 걸까.

사장님은 일어났다. 바로 그때, 사장님의 목소리가 저어기, 멀리서 또렷이 들렸다.

"나는 기회를 줄 뿐, 행동하는 것도, 선택하는 것도, 그 기회를 잡는 것도 다 자기 하기 나름이야. 인간 하기 나름이라고. 같은 실수를 반복하는 것, 대가를 치르는 것까지 말이다."

갑자기?

나에게 이런 말을 하는 이유가 뭔가.

아까 나에게 한 말이 사실이라면 지금 이 말은 사장님이 나에게 할 이유가 없다. 나는 일어나 사장님을 붙잡으려 했지만 커다란 손이 나를 제지했고, 문을 닫아버렸다.

"우식 군, 계속 여기서 대기해 주셔야겠습니다. 사장님 면회는 끝났습니다."

사장님의 보좌관이었다. 그는 까만 양복에, 저승사자만큼 몸집이 컸다. 그건 아무래도 좋았다. 난 아직 볼일이 있다.

"아, 잠시만요, 잠깐 물어볼 것이 있어요!"

"안 됩니다. 다시 돌아가 앉으세요. 명령 불복종 시, 처분이 내려질 수 있습니다. 어서!"

나는 다시 혼자가 되었다.

시간이 얼마나 지났을까, 나를 취조하던 법무팀 직원이 들어왔다.

"당신은 의뢰인과 독단으로 별도의 계약을 맺은 건, 그리고 의뢰인의 정보를 발설함으로써 인간의 수명을 교란시킨 건으로 분명한 처벌 혹은 징계 대상입니다. 그러나, 본인의 행동에 대해 스스로 인정한 점을 참작하여 사유서를 제출하는 것으로 마무리하겠습니다."

"예?"

수명을 교란하는 건 엄연히 큰 죄라고 하지 않았던가. 달랑 사유서 한 장이라니 뭔가 잘못됐다. 하지만 내가 무슨 말을 하기도 전에 법무팀 직원은 또 다른 직원에게 나를 인계했고, 다른 공간으로 나를 데려갔다.

"사유서를 제출하면 즉시 의뢰인의 시간으로 돌아가 맡은 업무를 다하도록 합니다."

마지막 말을 남기고 나를 인계한 직원은 사라졌다. 파티션으로 구분된 넓은 사무실에는 책상이 빼곡하게 들어서 있었고, 그 사이로 나 같은 시간 동행자들이 앉아서 무언가를 끄적이고 있었다. 하얀 벽지와 천장, 바닥이 사무실 공간을 더 넓고 아득하게 만들어주었다.

여기엔 고유한 공간이랄 게 없었다. 나는 일단 빈 자리에 앉았다. 그리고 사장님이 내게 남긴 마지막 말을 곱씹어 보았다.

내가 할 수 있는 일이 있을까. 그리고 할 수 있는 일을 해도 되는 걸까.

자세를 고쳐 앉았다. 내게 주어진 시간이 내가 하기 나름이라면, 지금 내가 할 수 있는 일을 해야 한다. 일단 이 공간에서 나가는 것, 그리고 이제라도 남은 시간을 고쳐보는 것. 나는 펜을 들었다. 어서 의뢰인의 시간으로 다시 돌아가야 한다.

나는 최대한 기억을 복기하며 빈 종이에 까만 글씨를 채워나갔다.

14
20240527 _전야

　나가는 출입구 쪽에 시간 동행자들이 작성한 사유서를 확인하고 결재하는 남자 직원이 한 명 앉아 있다. 그의 앞에는 커다란 책상이 놓여 있고, 종이 뭉치들이 탑을 이루어 쌓여 있다. 종이 탑은 거의 천장에 닿을 만치 쌓여 있지만, 신기하게도 무너지지 않고 있었다.

　그의 업무량은 쌓인 종이 탑과 비례했고, 이쯤 되면 대충 처리할 법도 한데 그 남자는 결재를 받으러 온 시간 동행자들의 사유서를 꼼꼼하게 읽었다. 어떤 이는 다시 사유서를 쓰러 자리에 앉아야 했고, 또 어떤 이들은 무사히 통과하여 출입구로 나갈 수 있었다.

　눈을 감았다. 그리고 지금까지 있었던 일에 대해 조금씩 더듬어 보았다. 나는 시간의 흐름에 따라 최대한 기억나는 대로 썼다. 그리고 잘못했다고, 죄송하다고, 무조건 반성한다고 꾹꾹 눌러 담았다. 지금껏 기역 자 하나도 외면하고 살았던 새끼가 어떤 힘이 났는지도 모르겠다. 오직 나가야 한다는 마음으로 사유서를 꽉꽉 채우고 나서야, 겨우 제출할 용기가 생겼다.

내가 다가가자, 종이 탑 사이로 남자가 고개를 들었다.

"완료?"

"예."

남자는 내가 누군지 확인한 다음, 종이 뭉치를 가져갔다.

"의뢰인 이름은 박영진이고, 계약 기간은 18년 1일……."

남자는 읊조리며 내가 쓴 까만 글씨들을 날카로운 눈으로 읽어나갔다.

기다리는 내 입에는 침이 고이고, 손에도 땀이 찼다. 그런 내 모습이 아저씨가 김 차장을 마주할 때의 모습과 겹쳐 보였다.

제발, 제발…….

"통과. 왼쪽 출입구로 나가라."

"가, 감사합니다."

나는 남자가 말을 바꿀지도 모른다는 생각에 재빨리 걸음을 옮겼다.

문을 열었다. 시간이 얼마나 지났는지 모르겠다.

갑작스러운 순간이동에 머리가 깨질 듯이 아팠다. 내가 서 있는 곳이 어디쯤인지 파악하느라 애쓰는 동안, 유일하게 익숙한 형체가 점점 내 곁으로 다가왔다. 종현 선배였다. 그를 보니 일단 제대로 돌아왔다는 생각에 안도감이 들었다.

"선배님."

"무사히 돌아왔구나. 법무팀이라니. 게다가 여태 기다려도 오질 않고 말이야. 나는 다시는 네가 돌아오지 않을 줄 알고 걱정했잖냐."

"혹시 지금이 몇 년도인가요? 의뢰인의 시간으로요."

"2024년 5월 27일이야. 이제 의뢰인의 계약 기간이 하루 남았네. 네가 돌아오자마자 내가 바로 계약 종료로 사장님께 보고드리러 가게 생겼어."

이런 미친, 2024년이라니……. 내가 가고 3년의 세월이 지난 셈이다. 이제 아저씨의 시간이 하루밖에 남지 않았다. 내가 돌이키기엔 너무 늦은 걸까. 뭘 할 수 있을까. 나는 입술을 잘근잘근 깨물었다.

종현 선배는 회중시계를 꺼내 보며 말했다.

"이제부턴 처리가 좀 바빠질 거야. 얼른 보고드리러 다녀올 테니, 너는 의뢰인을 맡아."

"예……, 알겠습니다."

"우식아."

"예?"

"잘 마무리하길 바란다."

종현 선배는 마지막 말을 남기고 성큼성큼 나아가며 사라졌다. 나는 그가 향한 길을 잠시 멍하니 서서 바라보았다.

앞으로 24시간 남짓 남은 시간 동안 어떤 결정을 내려야 하는지 잘 모르겠지만, 일단은 상윤과 정수를 만나는 게 우선이었다. 운이 좋다면 둘, 아니 둘 중 한 명이라도 만날 수 있기를 바라며 회중시계 버튼을 눌렀다. 그리고 거점 기지로 향했다.

놀랍게도 나의 바람대로 두 명 모두 거점 기지에 있었다.

"정수야."

나는 달려가 정수 녀석의 어깨부터 감쌌다.

"우식아……."

그리고 정수와 상윤에게 말했다.

"너희에게 하고 싶은 말이 너무 많아. 듣고 싶은 말도 너무 많고. 근데, 나에게 시간이 얼마 없어. 일단 내가 가장 하고 싶은 말은…… 무슨 일이 있어도 포기하지 말라는 거야. 그럼 우린 다시 만날 수 있어."

포기하지 말라는 건, 정수와 상윤에게만 하는 말은 아니었다.

포기하지 마, 박우연.

밤 11시, 화원 서부경찰서. 아빠는 그중에서 여성청소년과로 들어갔다. 밤중이지만 지금 여기는 그 어떤 곳보다도 떠들썩하고 요란했다. 깝깝하고 퀘퀘한 공간에는 어른들뿐만 아니라 두려운 것 없어 보이는 청소년들로 꽉꽉 차 있었다. 녀석들은 늑대들처럼 킬킬거리고 있었다. 그리고 그사이에 '내'가 있다. 아빠는 수많은 늑대 새끼들 가운데, 아들을 바로 찾아냈다.

"안녕하십니까? 저기, 박우연 보호자입니다……."

"아, 아버님 오셨습니까?"

아빠의 말에 녀석들은 '나'를 향해 휘파람을 불어댔다.

"아, 닥쳐 새끼들아."

"거, 조용조용!"

경찰관은 낄낄거리는 청소년들을 자제시키고 아빠에게 자초지종을 설명했다. 길게 말할 것도 없었다. 정리하자면, 청소년인 '나'와 '내' 무리는 술집에 출입하다 걸렸다.

"아버님, 뭐 그나마 이 정도니까 훈방 조치하는 겁니다. 다음에는 어떻게 될지 모릅니다……."

"예, 예, 알겠습니다. 죄송합니다. 잘 교육하겠습니다."

"에휴, 뭐 아버님께서도 고생 많으시겠지만요, 좀 부탁드립니다. 업주분들은 무슨 죄입니까. 애들이 작정하고 속이면 거기 알바생들은 누가 성인이고 청소년인지 알 수가 없어요."

"죄송합니다, 죄송합니다."

"점잖으신 분이 아들은 왜……. 참, 아무튼 단속 좀 해주세요."

아빠는 몇 번이고 고개를 숙였다.

"가자."

아빠의 말에 '나'는 잠자코 따라나섰다. 중학교를 졸업하고 고등학교 2학년이 된 녀석은 10센티미터는 넘게 더 커 있었고, 정확히 지금 내 모습과 똑같아져 있었다. 하지만 아직도 왕성한 호르몬 때문인지 반항심과 적개심이 가득한 녀석의 눈은 여전했다.

이미 갈 데까지 가버린 나의 몸뚱이다. 뭔가를 돌이키기엔 늦어버린 것 같다.

또 난 기회를 놓쳐버렸다. 결국 이 지경에 와버렸다.

그래, 나란 놈이 하는 꼬락서니가 다 이 모양이지.

금방 어디론가 또 나가버릴 것만 같은 느낌이 들었지만, 다행스럽게도 '나'는 아빠의 차에 올랐다.

불편한 침묵이 계속되다 집으로 들어왔을 때, 전에는 미처 보지 못했던 풍경이 눈에 들어왔다. 식탁 위에 하얀 쌀밥과 미역국, 반찬들이 있었다.

그리고 아주 이질적인 게 하나 더 놓여 있었다.

긴 초 한 개, 짧은 초 아홉 개가 꽂혀 있는 생크림 케이크.

오늘은 '나'의 생일이다.

"여기, 앉아라."

'나'는 아빠의 말을 무시하고 방으로 들어가려 했다.

"박우연! 앉으라니까?"

"훈계라면 집어치우시죠."

"뭐라고? 네가 지금 뭘 잘했다고 큰소리냐, 응? 네 나이에 겨우 경찰서나 드나드는 꼴이 부끄럽지도 않아? 도대체 언제까지 그렇게 살 거냐?"

나는 지금 내가 겨우 떠올릴 수 있었던 기억의 한 조각, 그 장면을 지금 마주하고 있는 느낌이 들었다.

"하, 진짜 개빡치네."

"박우연."

"내가 언제 당신한테 찾으러 와달라고 했어? 그냥 냅두시라고, 응? 어차피 책임도 못 질 거! 나도 애비 없다고 생각할 테니까 당신도 자식 없는 셈 치라고. 그냥 냅두라고요!"

아저씨는 손을 위로 들었다가 우연이의 얼굴에 정확히 메다 꽂았다. 우연이의 얼굴이 아저씨의 손이 날아간 방향으로 돌아갔다. 우연이의 볼은 빨갛게 달아올랐다.

"이제…… 이제 그만 정신 차려라! 응? 제발 좀!"

"존나 역겨워……."

"이 녀석이 아직도……."

"이제 와서 버린 자식한테 애비 노릇 하려고 하는 거, 역겹다고."

"버렸다니, 그게 무슨 말이냐?"

"내가 당신 없는 동안, 무슨 말을 들으며 살았는지 알아요? 동네 사람들이 그러던데요, 버려진 자식이라고. 씨발, 엄마는 저세상으로 도망갔고, 무능한 아빠는 자식 키울 힘도 의지도 없어서 중국으로 날랐다고. 자식 잘못 키운 노인만 불편한 몸으로 손주 거둬들여 키운다고요."

"우연아, 그런 게 아니야."

"근데 씨발, 반박할 수가 없더라고."

나는 줄곧 그렇게 생각하고 있었던 거다. '버려진 자식'. 그 말을 감당하며 지난 시간을 보내온 거다. 하지만 그 누구도 그 말을 정정해 준 사람이 없었다.

"우연아."

"그런데 인제 와서 나한테 제대로 살라고? 꺼져."

쾅.

'나'는 나갔다. 아빠는 '내'가 나간 문을 그저 멍하니 바라보기만 했다.

이런 망할. 일단 오해를 풀어야 했다. 나는 '나'를 따라갔다.

이상하게도 '내'가 있는 곳을 향해 달려가면서 아빠와 거리가 멀어졌지만, 시간은 빠르게 흐르지 않고 있었다. 이제 계약 종료에 거의 다다랐기 때문일까.

'내'가 갈 곳은 뻔했다. 어두컴컴한, 아무도 오지 않는 버려진 놀이터. 녀석은 역시나 그곳에서 씩씩거리고 있었다.

"박우연."

"누구냐?"

나의 목소리에 우연이는 벤치에서 일어났다.

"누구냐고? 어떤 새끼야?"

역시. 넌 날 알아볼 수 있어. 왜냐하면…….

나는 어둠 속에서 모습을 드러내 보였다. 가로등 빛이 나를 감싼다.

"나야."

"아, 글쎄 니가 누구냐고?"

"내 얼굴을 봐."

나를 알아본 박우연 표정이 이상해졌다. 당연히 그럴 것이다. 나도 느낌이 너무 이상했으니까. 마치 거울에 비친 내 모습을 마주한 느낌이다. 아니, 나와 똑같은 도플갱어를 만난 느낌일지도.

도플갱어를 만나면 누구 한 놈은 죽는다는데, 정말 그럴까.

"뭐, 뭐야? 너 대체 누구야?"

나는 최대한 호흡을 가다듬고 차분해지려고 애썼다. 박우연, 아니 살아있는 내가 도망가지 않도록.

"난 너야. 박우연."

"뭐, 뭐라고? 어디서 개 같은 수작이야?"

"난 미래에서 왔어."

구구절절 어디까지 설명해야 할까. 하지만 이게 지금 내가 설명할 수 있는 최선이다.

"쳐 돌았냐? 그 말을 나보고 믿으라고? 지랄 말고 좋은 말 할 때 꺼져, 새끼야."

"네 아빠, 아니지, 우리 아빠 박영진. 많이 미울 거야, 그렇지? 충분히 이해해."

"너, 너 대체 정체가 뭐야?"

"네가 초등학교는 다니는 내내 널 보러 오지 않았지. 할머니가 아프시고 나서야 널 찾으러 온 것도 미울 거야. 이제 와서 아빠 노릇을 해보겠다고 하는 것도 웃길 거고. 하지만 난 아빠가 왜 그런지 알아. 그 이유를 말해주러 왔어."

"이 새끼가……!"

박우연은 순식간에 나를 덮쳤다. 머리가 띵했다.

입술에 피가 났다. 하지만 나는 멈추지 않기로 했다. 나는 피를 슥 닦았다.

"너, 우리 엄마가 왜 떠났는지 알아? 너, 모르잖아."

박우연은 나의 멱살을 잡고 주먹이 올라가는 순간 멈췄다.

"네가 아무리 물어도 그 누구도 대답해 주지 않았지. 우리 할머니조차도. 왜인지 알아? 네가 충격받을까 봐. 우리 엄만 묻지 마 살인 때문에 돌아가셨거든. 가장 안전해야 할 집에서. 현장에 네가 있었고. 넌 네 스스로를 보호하기 위해 기억을 지웠지."

"그만 닥쳐!"

"넌 기억을 지우면 그만이지만, 아빤 그럴 수 없었어. 그리고 그 이전에 아빤 엄마를 살리기 위해 최선을 다했어. 그런데 인간의 명이란 게 어떻게 할 수가 없더라. 아빤 그동안 많이 힘들어했어. 아빠가 할 수 있는 최선은 잠시 떠나 마음을 단단히 먹는 일이었을 거야."

"새끼야, 거짓말도 정도껏 해. 네 말대로 아빠가 날 생각했다면 그 5년이란 시간 동안 한 번쯤이라도 날 보러 왔어야지. 내가 편지했을 때, 전화했을 때, 바로 달려왔어야지. 이제 와서 나랑 살기로 했으면 제대로 아빠 노릇을 했었어야지!"

"그래. 나도 그렇게 생각해. 그게 아빠의 잘못이라면 잘못이겠지. 그 부분에 대해선 나도 아빨 감싸고 싶은 마음 없어. 나도 너니까. 나도 똑같이 상처받았어."

"그 정도면 내가 그 사람에게 분노할 이유는 충분하고, 괴롭게 만들 거야. 네가 어디서 굴러온 놈인지 모르지만 상관 마!"

"하지만 마지막으로 아빠에게 한 번만 기회를 주는 건 어떨까? 이 말 하고 싶어서 왔어. 이건 아빨 위해서가 아니라 널 위해 하는 말이야. 아니, 날 위해. 하나뿐인 내 가족이 날 버렸다고 생각하면, 그것보다 더 괴롭고 슬픈 일이 어디 있겠어. 하지만 우리 가족은 그렇지 않았고, 그걸 봐온 내가 너에게 그 말을 하고 싶어서 온 거야. 그러니까……."

"씨발. 됐다고! 꺼져!"

녀석은 내 말을 다 듣기도 전에 주먹을 날렸다. 그리고 끊임없이 나에게 주먹을 날리고 발길질을 했다. 입 속에서 비린 피 맛이 났다. 정신이 혼미했다.

"으윽……."

"으아아!"

녀석은 혼란스러운 듯이 소리를 지르며 내달렸다. 나는 겨우 일어나서 녀석을 따라갔다.

녀석의 고함은 찢어질 만큼 아픈 목소리다. 녀석은 달리고 또 달렸다. 어디가 어딘지도 모른 채.

나는 숨이 가쁘게 차올랐지만 그래도 계속 녀석을 쫓았다. 어찌나 빠르던지 점점 녀석의 모습은 멀어져 가고 있었다. 이제 녀석은 방향을 바꿔 가로질러 달렸다.

그때였다. 까만 어둠 속을 방황하며 그저 내달리기만 하는 녀석에게, 엄청난 빛을 내뿜는 것이 달려온다.

빠앙-.

아주 익숙한 기억이다.

내가 본 장면이 바로 지금, 혹시 이 순간일까.

그때였다.

누군가가 '나'를 향해 손을 뻗었다. 그 누군가는 있는 힘껏 '나'를 감싸 안았다.

하지만 '나'를 품기에 '나'는 너무 커버렸다.

콰앙.

두 사람은 트럭을 정면으로 들이받고 바닥에 나뒹굴었다. 나는 두 사람을 향해 달려갔다.

우연이를 감싸 안은 것은 아저씨. 아니, 우리 아빠였다.

나는 세상이 뒤집힌 것같이 어지러웠고 눈이 감겼다.

…….

눈을 떴다.

온통 하얀색이다. 어디로 가야 할지 모르겠다. 일단 걷기로 했다.

데자뷔다.

나는 분명 지금 상황을 경험해 본 적이 있다.

그래, 정처 없이 이곳을 계속 걸었던 적이 있다. 그 길에서 난 사수를 만났고, 처음 하늘거래소에 들어갔었다.

하지만 그때와 다른 점이 있다면 지금의 나는 내가 누군지 알고 있다는 것이다. 본래 박우연으로서의 나에 대한 기억과 하늘거래소의 직원인 우식으로서의 기억이, 씨실과 날실이 교차하는 것처럼 머릿속에서 서로 엮여 들어가고 있었다.

그랬는데, 분명 그랬는데…….

갑자기 머리가 깨질 듯이 아파졌다. 이제 어떻게 해야 할지 잘 모르겠다. 나는 그만 주저앉아 버렸다. 이대로 그냥 잠들고 싶다. 눈을 감았다.

발소리가 점점 가까워진다. 저기, 누군가 나를 향해 걸어온다. 눈에 힘을 주며 누군지 확인하려고 애썼다.

박영진 아저씨. 아니, 우리 아빠다. 심장이 터질 듯이 쿵쾅거리고, 손에 땀이 찼다. 아저씨라고 불러야 할까, 아님 아빠라고 불러야 할까. 내가 누군지 설명해야 할까, 아니면 이미 알고 계실까. 나는 박우연처럼 말해야 할까, 아님 우식이처럼 말해야 할까. 수백 가지 생각이 떠올랐다.

"우연아."

그 부름에 그 음성에 그냥 내 몸을 맡겨버렸다.

"아빠."

'아빠'라는 그 단어를 뱉자마자 눈앞이 뿌옇게 흐려졌다.

아빠는 나를 보자마자 끌어안았다.

"미안해, 미안해……. 왜 지금까지 내 아들을 몰라봤을까. 이렇게 가까이 있었는데도……. 줄곧 같이 있었는데도……."

아빠는 나의 손을 잡았다. 손이 차갑다. 그런데 신기하게도 온기가 느껴졌다.

"아빠가 미안해. 많이."

눈물 고인 아빠 얼굴을 보고 싶지 않았다.

"다시 돌아와서는 엄마를 위해서 우연이를 위해서 더 열심히 살아보려고 했는데 잘 안 됐네, 하하."

"알아."

"그래, 보니까 아빠 참 바보 같고 못났지?"

아빠도 아빠 인생이 처음이었고, 서툴렀다. 그걸 이해하기 위해 아주 오랜 시간이 걸린 것 같다. 그리고 만약 하늘거래소에서 아빠를 만나지 못했더라면 나는 절대 이해하지 못했을 거다. 인간 박우연은 평생 아빠를 미워하며 살았을 거고.

"그래서 너무 미안해. 그치만 아빠도 그렇고 엄마도 그렇고 정말 우연이를 많이 사랑해. 우연이가 세상에 나왔을 때 엄마랑 아빠는 너무 행복했어. 네 곁을 끝까지 지켰어야 했는데……. 아빠가 너무나도 부족하고, 또 나약한 사람이라 미안하고, 너무나도 후회돼. 하지만 이제 진짜 돌이킬 수 없겠지……."

다 안다. 직접 봤으니까.

지금껏 '부모가 날 버렸다'는 생각에서 벗어나 그래도 나는 나의 아빠, 인간 박영진의 서툴렀던 삶을 인정하고, 이해할 수 있게 되었다.

나 역시도 아빠의 흘러가는 시간과 운명을 바꿔놓을 순 없었으니까.

이제 더 이상 아빠를 미워하며 나의 감정을 소진하고 싶지 않다. 그만 아빠를 용서하고 싶다…….

조금은 마음이 안온해짐을 느꼈다.

"그래서 네가 다시 한번 세상에 나와서 있는 힘껏 살아갔으면 좋겠어."

"하지만 무서워. 엄마 아빠도 없이 내가 어떻게……."

"아니, 할 수 있을 거야. 엄마 아빠가 지켜줄게. 세상은…… 아빠와 엄마가 너에게 주고 싶은 선물이기도 했어."

아빠는 나의 손을 꼭 잡고 내가 지나왔던 길을 이어서 다시 걷게 해주었다. 아빠와 함께 걸으니 조금 안심이 되었다.

저 멀리서 내가 떨어졌던 하늘거래소 건물이 보였다. 그리고 익숙한 두 명의 남자가 보였다. 사장님과 종현 선배였다. 짐작은 했지만, 종현 선배는 단순히 기억이 없는 시간 동행자이기만 했던 건 아닌 것 같다. 사장님의 '메신저' 같은 존재였다. 사장님과 아빠는 서로 고개를 까딱하며 인사했다. 종현 선배는 전에 봤던 것보다 훨씬 밝은 미소를 나에게 보여주었다. 사장님이 먼저 운을 뗐다.

"우식이, 넌 이제 나오지 않아도 된다. 알지?"

"예……."

"어디로 갈지는 정했고?"

"……."

나는 아직 대답할 수 없었다. 사실, 아직 망설이고 있다.

"이제 이곳으로 올 일이 없도록 해. 알겠냐? 어떤 형태로든 말이야."

"……."

"네 선택에 대해 망설여진다면 그 선택을 옳게 만들어. 그게 네 할 일이다."

"고맙습니다……."

아빠의 인사에 사장님은 아빠에게 가볍게 미소를 지어 보인 뒤, 가볍게 나의 등을 앞으로 밀었다.

"어서 가!"

계속 걸었다.

하얗기만 하던 세상에 갑자기 누군가 수채화 물감이라도 풀었는지, 물먹은 푸른색, 초록색 빛을 띠기 시작했다.

아빠는 걸음을 멈추었다. 나는 뒤를 돌아보았다.

"아빤 이제 여기까지. 이제 네 스스로 나가도록 해."

"아빠……."

"지금은 잠시 이별하는 것 같겠지만, 아빤 언제고 널 계속 지켜줄 거야. 그러니 걱정 마. 알겠지? 사랑해, 우리 아들."

마지막으로 나는 아빠를 있는 힘껏 안았다. 포근함이 느껴졌다.

"그럼 갈게."

"그래."

나는 아빠 손을 놓았다. 아빠는 계속 날 향해 미소 짓고 있다.

"괜찮아, 우연아."

아빠의 얼굴을 보니 걷고 싶은 마음이 생겼다. 나는 자꾸 걸었다.

나는 다시 살아보고 싶어졌다.

온통 까맣다.

감각을 일깨우려고 노력했다.

움찔거린다.

순간, 저 멀리서 소리가 들렸다.

"선생님, 박우연 군 의식이 돌아왔습니다!"

나는 다시 돌아왔다.

긴긴 시간 여행을 마치고 이제 진짜 나의 몸으로.

에필로그
사랑해 그리고 기억해

햇빛이 너무나도 따갑다. 길고 길었던 올해의 장마가 끝나고 무더위가 시작되었다. 시원한 비를 맞고 난 나무들로 한층 더 녹음이 우거졌다.

"우연아, 오늘 많이 덥다. 조심해서 갔다 온나."

"넵. 걱정 마세요."

할머니의 배웅을 뒤로하고 골목길을 내려간다.

맴, 맴, 맴…….

매미 소리가 오늘따라 더욱 크게 들렸다. 나는 따가운 햇빛을 피해 억지로 나무 그늘 사이를 비집고 들어가 길을 따라 걸었다.

선배는 올해의 장마를 무사히 넘기고 푸르고 싱싱한 잎을 피워냈을까?

 나는 어서 여름이 다가오기를 손꼽아 기다렸다. 내가 만나야 할 소중한 사람이 세 명이나 있기 때문이다. 다행히 세 사람은 같은 장소에서 나를 기다리고 있다. 물론 다른 장소에서 기다리고 있더라도, 당연히 세 사람 모두를 보러 갔을 것이다.

 내가 보러 갈 소중한 사람들 생각에, 어느새 역 앞에 다다랐다. 역 안은 바깥 공기보단 서늘했지만 그래도 얼굴에 맺힌 땀방울을 식혀주진 못했다. 그래도 괜찮다.

 오늘은 운이 좋았다. 지하철이 전 역을 출발했다는 안내가 떴다. 나도 모르게 기분 좋은 웃음이 나왔다. 지하철을 타니 인공적인 찬

공기가 훅 느껴졌다. 창밖 너머 여름을 구경했다.

"엄마, 나 왔어."

엄만 여전히 그대로였다. 사진 속 엄마의 모습은 아빠의 과거를 통해 엿본 그 시절의 엄마와 똑같다. 엄마는 싱그러운 여름꽃 같은 웃음을 짓고 있었다.

그리고 갓난쟁이였던 나를 안고 있는 엄마 옆에 함박웃음을 짓고 있는 아빠가 있다. 아빠에 대한 나의 기억은 신기하게도 진짜 살아있을 때의 기억보다도 하늘거래소 직원으로서 만났을 때의 기억이 더 강력하게 각인된 느낌이 들었다.

함께 찾아간 만두 찐빵 가게들,

피시방에서 함께 즐긴 게임,

편의점에서 건강에 좋지도 않은 가공식품을 씹으며 이야기했던 무수히 많은 날.

그것이 나에겐 아빠에 대한 기억이자 추억이 되었고, 그것들은 본래 내가 갖고 있었던 아빠에 대한 배신감, 야속함, 분노 등을 뒤덮었다. 또 그것들이 나를 옭아매고 있던 과거로부터 나를 해방시켜 준 느낌이 들었다.

"나 당분간은 못 와. 이제 곧 수능이거든. 수능 끝나고 올게."

하늘거래소에서 우리 아빠가 계약한 시간인 딱 90일 만에 깨어났다. 다시 돌아오고 나서 병실에 누워 있는 내내, 나는 앞으로 무얼 해야 할지 고민했다. 무엇을, 어떻게 열심히 할 것인지. 맹세코 전에는 그런 고민을 한 적이 없었다.

생각을 정리한 끝에, 일단은 대학부터 가야겠다는 생각이 들었다. 내가 하고 싶은 것이 무엇인지 고민해 보면서.

나는 그다음으로 소중한 사람을 찾아갔다.

"선배님, 잘 있었지요?"

선배와 딱 어울리는 참나무였다. 굵디굵은 줄기에 온 세상을 담을 것만 같은 진녹색 잎들이 무성했다. 거센 비바람이 몰아쳐도 단단하게 버틸 수 있을 것만 같았다. 참나무에 걸린 사진 속 선배는 표정에서 풍부하게 감정이 드러나는 사람이었다. 꼭 우리 엄마 아빠처럼.

이제 돌아가기 위해 발걸음을 옮기려는데, 노부부가 나를 뚫어지게 바라보고 있었다. 어디선가 본 얼굴인데, 잘 기억이 나지 않았다. 그건 둘째치고 나 때문에 보러 온 사람에게 인사를 하지 못하고 기다리는 것 같았다. 나는 자리를 비켜주려고 고개를 까딱하고 노부부에게 인사했다.

"우리 시원이를 알아요?"

나는 그제야 생각이 났다. 선배가 죽던 날, 병실에서 목놓아 울던 그 중년의 여성과 남성. 선배의 부모님이었다.

"아, 안녕하세요?"

노부부는 나에게 잠시 차를 한잔하는 게 어떻겠냐고 제안했다. 예상치 못한 만남에 당황스러웠지만 나는 승낙했다.

"깜짝 놀랐어요. 우리 시원이를 찾아오는 사람이 있다니."

"그러게 말이야."

"혹시 우리 시원이를 어떻게 알아요? 너무 어려 보여서 말이에요, 내 잘 모르지만, 고등학생이나 이제 갓 성인이 된 것 같은데……."

"저를 가르쳐주던 선배님이셨습니다."

"그래요? 우리 시원이 후밴가 보네요."

"예……."

"고마워요. 이렇게 잊지 않고 우리 시원이를 보러 와줘서요."

"아닙니다. 제가 선배님께 빚을 져서요."

"그래도 고마워요."

"그리고…… 늦었지만, 선배님의 말씀도 전할 수 있게 되어 기쁩니다."

나는 잊지 않고 있었다. 내 사수의 마지막 부탁. 오늘 사수를 보고 나면 내일부터 어떻게든 사수의 부모님을 찾아, 그의 마지막 부탁을 수행하려 했는데 더없이 좋은 기회가 온 것 같았다.

"처음 듣네요. 시원이가 후배에게 무슨 말이라도……."

"예. 선배님은 절대 미워하지 않으신다고……. 본인은 스스로 선택한 길이니, 자책하지 마시라고……, 사랑한다고요……."

그 순간, 노부부의 뺨에는 뜨거운 눈물이 타고 흘러내렸다.

노부부는 나에게 아들에 대해 이야기해 주었다.

나의 사수도 사랑에 거침없는 사람이었다.

"우리 시원이가…… 사랑하는 여자애가 있었어요. 둘은 서로 많이 좋아했고, 결혼을 약속했죠. 하지만 우린 반대했어요. 그 여자애에게 우리 시원이가 과분하다고 생각했거든요. 아니, 과분한 정도가 아니고 그 여자애는 선천적으로 건강이 좋지 못했어요. 부모로서 우리가 할 일은 자식이 가시밭길로 들어가는 걸 막는 거라고 생각했죠. 또 아직 나이 어린 자식의 치기 어린 반항이라고도 생각했고요.

시원이는 우릴 설득하려고 했죠. 수술받으면 충분히 좋아질 수 있고, 건강해질 거다, 그러니 도와달라고……. 우린 그 여자애가 충분히 수술받을 수 있게 도와줄 수 있는 형편이었으니까요. 하지만 그것조차도…… 우린 반대했어요.

우리의 반대에 못 이겨 시원이와 그 여자애는 헤어졌죠. 자식 이기는 부모 없다지만, 이걸로 우린 자식이 잘못되는 걸 막았다고 생각했어요.

그리고 얼마 뒤, 여자애의 부고를 들었어요. 자세한 사정은 잘 모르지만 수술 시기를 놓쳤다더군요. 우린 그 애에 대해 안타까운 마음이 들었지만, 그러면서도 한편으로는 너무나 이기적으로 우리 시원이가 차차 마음을 정리해 나갈 거라 생각했어요. 하지만 우리의 믿음과는 달랐죠…….

시원이가 병원에 있을 때, 우린 끝까지 시원이를 포기하지 않았어요. 꼭 깨어날 거라고, 1년, 2년, 3년이 지나도 우린 계속 시원이를 붙잡고 있었어요.

우리는 계속 연결되어 있다고 믿었지만, 그 끝은 어느 순간 다가오더군요. 그리고 그 끝을 진정으로 마주할 때 알았어요. 시원이에게 그 애는 삶이자, 행복이었던 걸요……. 더 이상 이 세상에 시원이가 남아 있을 이유가 없어졌고, 그에 따라 시원이는 자기 삶을 결정했던 거죠."

노부부는 햇빛이 너무나 따갑다며 나를 집에까지 데려다주겠다고 했다.

나는 정중하게 몇 번이고 거절했지만, 노부부는 그럼 역까지만이라도 데려다주겠다고 고집했다.

햇빛에 반사되어 그런지 유난히 번쩍이고 매끈한 까만색 고급 차가 기다리고 있었다. 차 안에는 향긋하고 시원한 소나무 향이 났다. 역 앞에 도착하자 나는 덕분에 편안하게 왔다고 인사했다. 내 인사에 노부부는 반질거리는 명함을 내밀었다.

"혹시 어려운 일이 있으면 언제든 연락해요. 우리 시원이가 아꼈던 후배라면 우리에게도 소중한 인연이니까요."

노부부와 인사하고 지하철역 안으로 들어왔다. 문득 강원도로 가는 아빠 차에서 들었던 노래가 떠올랐다. 이어폰을 끼고 노래를 다시 들으며 가사를 음미해 보았다. 유리창 너머 초록빛 풍경들을 바라보며, 또 앞으로 나에게 주어질 무수한 날들을 생각하며.

> 돌아보면 너무나 아름다웠어
> 내 인생에 다신 못 올 순간들이었어
> 너를 보면
> 보고 있으면
> 아무 이유 없이 눈물이 흐르곤 했어
> 행복했어 영원히 잊지 못할 만큼
> 사랑했어 너를 보낼 수 없을 만큼
> 하지만 그만큼이 내 몫이 아니기에 내 것이 아님을 알기에
> 행복해 이젠 널 보낼께 너의 그 사람에게
> 널 위해 흘린 눈물만큼 넌 꼭 행복해야 해
> 사랑해 그리고 기억해 떠난 게 후회될 때
> 언제라도 나의 품에 돌아와도 돼
>
> — GOD 〈사랑해 그리고 기억해〉

"야, 박우연! 왜 이렇게 늦었냐?"

정수와 상윤, 아니, 정우와 상진이 나를 보고 웃으며 서 있다. 나는 정우와 상진에게로 달려갔다.